D0992896

LUIS LEANTE

Academia Europa

punto de lectura

Luis Leante nació en Caravaca de la Cruz (Murcia) en 1963. Licenciado en Filología Clásica. Ha publicado libros de relatos y novelas entre las que destacan *Paisaje con río* y *Baracoa de fondo*, *El canto del zaigú*, *El vuelo de las termitas* y *Mira si yo te querré* (Premio Alfaguara 2007). También es autor de las novelas juveniles *La puerta trasera del paraíso* (Alfaguara Infantil y Juvenil, 2007) y *Rebelión en Nueva Granada* (Alfaguara Infantil y Juvenil, 2008). Su obra está traducida a varios idiomas.

www.luisleante.blogspot.com

LOS MURMULLOS DE LA TRIBU

LUIS LEANTE

Academia Europa

Título: Academia Europa
© 2003, Luis Leante
© De esta edición: septiembre 2008, Punto de Lectura, S.L.
Torrelaguna, 60. 28043 Madrid (España) www.puntodelectura.com

ISBN: 978-84-663-2216-4
Depósito legal: B-32.729-2008
Impreso en España – Printed in Spain

Ilustración de portada: Fragmento de *Ariadna* de J.W. Waterhouse. 1898.
Óleo sobre lienzo, 91 x 151 cm. Colección particular

Impreso por Litografía Rosés, S.A.

E disse: «Quem é que ousou entrar
nas minhas cavernas que não desvendo,
meus tectos negros do fim do mundo?».

(Y dijo: «¿Quién es el que ha osado entrar
en mis cavernas que ando ocultando,
en mis techos negros del confín del mundo?».)

Fernando Pessoa

1

Al principio he pensado que se trataba de una encuesta telefónica. Era una voz tan mecánica e impersonal, que me pareció una de esas llamadas que se cuelan en el despacho cuando más ocupado estás y más prisa tienes. Después me ha parecido más bien la llamada de un bromista desocupado. Si me he quedado un rato a la escucha, en vez de colgar, ha sido porque estaba tratando de encontrar un bolígrafo rojo entre los papeles desordenados de mi mesa. Por fin, cuando ha pronunciado mi nombre completo y el de mi mujer, he sentido un pinchazo en el estómago. La voz del hombre, a esas alturas, sonaba ya irritada, como si le molestara que no me tomase en serio la trágica noticia que me estaba comunicando.

Hace apenas quince minutos que he recibido la llamada telefónica de un abogado de Pirgos para anunciarme que la madre de mi esposa ha muerto. Me resulta tan extraña la palabra «suegra», que apenas me atrevo a pronunciarla o a escribirla. En realidad, la expresión exacta que ha utilizado ese tipo ha sido «madre política».

Todo ha sucedido de forma inesperada, como se produce la mayoría de los acontecimientos trascendentes. Después de colgar el teléfono he empezado a sentirme confuso y aturdido. Debería haberme mostrado menos distante, o interesarme por los detalles de la muerte. Sin embargo, ya es demasiado tarde para manifestar las dudas que me van viniendo a la cabeza como un torrente.

Es una sensación extraña, sin duda. Hace casi diecisiete años que no sé nada de la madre de mi mujer. Me resisto a llamarla suegra. Es demasiado tiempo para que ahora se me cuele la voz de un tipo a quien no conozco, anunciándome que ha muerto. Con frecuencia, en todo este tiempo, me he preguntado qué sería de ella. Su recuerdo siempre fue como algo que flota en el ambiente sin que nadie se atreva a mencionarlo. Muchas veces, al principio de mi matrimonio, me sentí tentado a romper ese pacto tácito que tenemos entre mi mujer y yo, y hablar de ella delante de nuestra hija con la mayor naturalidad. Pero ha pasado demasiado tiempo. Ignoro si mi mujer le habrá hablado alguna vez a la niña sobre un asunto tan delicado. Pero, conociéndola, casi podría asegurar que ni siquiera le ha mencionado a nuestra hija el nombre de su abuela.

«Me veo en la penosa obligación de comunicarle que su madre política ha fallecido hace dos días.» Exactamente ésas han sido las palabras del abogado de Pirgos. No dijo «ha muerto», sino «ha fallecido», que resulta menos trágico. Y, si no le he colgado el teléfono en ese momento, ha sido porque trataba de encontrar el maldito bolígrafo rojo mientras sostenía el auricular con la oreja y el hombro. Después, cuando he oído mi nombre y el de mi esposa, he sentido un pinchazo en el estómago y un zumbido en los oídos. Mientras escuchaba las explicaciones y las condolencias de ese abogado, no hacía más que pensar en mi mujer. Porque no me va a quedar más remedio que decírselo en cuanto entre por esa puerta.

En junio hará diecisiete años que mi mujer y yo vimos por última vez a su madre, que en paz descanse. Recuerdo bien la fecha y las circunstancias, porque fue precisamente el día de nuestra boda. Ahora descubro que lo tengo más fresco en la memoria de lo que pensaba. Me parece incluso estar sintiendo el calor asfixiante de aquel segundo día de verano. Y a pesar de todo, la madre de mi mujer vestía de un luto riguroso: medias negras, manga larga, sombrero negro con velo negro, bolso negro, abanico negro. Toda su negrura de viudedad destacaba sobre el blanco inmaculado del verano mediterráneo. No quiso acompañar a su hija en coche hasta la iglesia. Prefirió ir caminando, a pesar de su cojera. El bastón con la cabeza de jaguar plateada, además del vestuario, la avejentaba y le daba un aspecto aún más vulnerable. Entró la última en la iglesia. Se sentó en la última fila. Yo confiaba en que me besaría para felicitarme, pero no lo hizo. Después de la ceremonia se acercó silenciosamente. A mí no me dirigió siquiera una mirada; no me dijo ni una sola palabra. Sin embargo, besó a su hija y la retuvo en un abrazo que, al principio, me hizo albergar esperanzas. Pero el azar quiso que yo estuviera lo suficientemente cerca de las dos para escuchar lo que le susurró a su hija. Aún no he olvidado las palabras exactas. Le dijo: «Por fin te has salido con la tuya, cariño. Espero que nunca tengas que arrepentirte de lo que has hecho». Me pareció que la firmeza de su voz se quebraba en las últimas palabras. Luego la vi arrastrar su figura de viuda por el pasillo central de la iglesia, y los bancos me parecieron enormes tumbas con sus lápidas que le abrían el camino para indicarle la salida. La vi alejarse a contraluz por la puerta principal, y no hemos vuelto a saber nada de ella.

Hasta hace un rato. Y tampoco es mucha la información que me ha dado ese tipo de Pirgos. Al menos ahora sé que está muerta: muerta y enterrada. Por lo visto no quería que su hija ni yo asistiéramos al entierro. Todo resulta tan novelesco... Tanto misterio me parece muy propio de ella. Me pregunto si no lo habrá planeado todo para causar el efecto preciso, según su deseo. Si es así, lo ha conseguido. Cuanto más lo pienso, más convencido estoy de que ella pretendía que su muerte cayera sobre nuestras conciencias como un castigo. Ni un dato sobre el motivo de su fallecimiento, ni sobre los últimos años de su vida. Y, sin embargo, tengo la sensación de que ella lo sabía todo de nosotros. Si no es así, ¿cómo ha podido nombrar a su nieta heredera de todos sus bienes? Ni siquiera podía saber que era una niña:

cuando nos casamos, mi mujer apenas estaba embarazada de un mes. La creo capaz de haber contratado a un detective para conocer todos los detalles de nuestra vida. No me gusta ofender la memoria de los muertos; lo mejor es dejar las cosas como están.

Mañana mismo, si ese abogado cumple su palabra, recibiré un sobre con la copia del testamento y los detalles jurídicos para que mi hija herede lo que le corresponde. No será mucho, desde luego. Ella nunca sintió aprecio por lo material; más bien todo lo contrario. Por supuesto que esta academia va a ser de su nieta. Nunca había pensado que ella nos la fuera a ceder a su hija y a mí, ésa es la verdad. Pero, al menos, no fue tan despiadada como para dejarnos en la calle.

Los pinchazos en el estómago se repiten. La maldita úlcera está despertando del letargo de los últimos meses. Eso es lo único que yo voy a heredar de esta vieja academia: la úlcera y la miopía de don Segundo Segura. Sin quererlo estoy rescatándolo de su tumba. Aunque, ahora que lo pienso, su presencia no ha dejado nunca de flotar entre estas paredes, como el olor de la goma de borrar, del pegamento, del plástico de los libros y las ceras de colores. Siento que los fantasmas que han permanecido dormidos en las entrañas de la academia empiezan a despertar. Un tremendo vértigo se apodera de mí. Miro hacia atrás y me parece estar asomándome a la boca de una caverna tenebrosa, que se adentra en un laberinto y se abre en infinitas galerías en las que resulta fácil perderse para siempre.

2

Todavía no he olvidado la primera vez que pisé la Academia Europa. Recuerdos como ése me acompañarán siempre, mientras mi cabeza mantenga un mínimo de lucidez. Tengo tan presente aquella extraña sensación, que casi puedo vivir de nuevo el encogimiento y el desánimo que sentí al cruzar la puerta del edificio destartalado. El portal de la Academia Europa era como una boca con los dientes podridos. En apenas unos segundos pasé del ajetreo del comercio y las luces de las calles a un portal oscuro y siniestro, que parecía más la entrada a una caverna que a un edificio. Allí se mezclaba el olor a humedad con el zotal y la lejía. Cuando oí que la puerta del portal se cerraba a mi espalda, me pareció haber quedado encerrado en la cámara sagrada de una tumba cretense. Una sola bombilla, pendiente apenas de un cable pelado, iluminaba la profundidad de aquella gruta. Las escaleras ascendían en espiral y me mostraban con sus sombras el único camino posible. En realidad, me pareció haber retrocedido en el tiempo cuarenta o cincuenta años. La pintura mustia del pasamanos y los desconchones de las paredes debían de llevar más de medio siglo pidiendo una reforma.

La Academia Europa estaba en la segunda planta de un edificio ante el que había pasado muchas veces sin reparar en él. Hasta aquel enero de 1985 nunca pensé que entre sus muros gruesos y anodinos hubiera otro mundo ajeno al bullicio y a la vida de la ciudad. Si no hubiera sido por el anuncio que leí en el bar de abajo, en el que se buscaba un profesor para la academia, sin duda jamás habría entrado en ese mundo de sombras y humedades que me iba a atrapar con tanta fuerza. Subí las escaleras de madera con el corazón encogido. Cada detalle nuevo que descubría entre las sombras me angustiaba y me desanimaba más. Me inquietaba el aspecto de los zócalos de plástico abombados por la humedad de las paredes. Los cables de la luz, viejos y trenzados, parecían las venas envejecidas del edificio. Sin embargo, pensaba en la penosa situación económica por la que estaba atravesando, y las fuerzas volvían a mi espíritu y a mis piernas. Las dos últimas monedas que me quedaban en el bolsillo me daban ánimo para seguir trepando por los ruidosos escalones.

Me abrió la puerta don Segundo Segura, el director y dueño de la Academia Europa. Aún me parece estar viéndolo oculto tras sus enormes gafas de concha pasadas de moda. Lo seguí por un laberinto de pasillos hasta su despacho. Don Segundo Segura me pareció la persona más gris e insulsa que había visto en toda mi vida. Su aspecto físico parecía el reflejo de su carácter pusilánime y apocado. Resultaba difícil incluso aventurar su edad. Sin duda rozaba la jubilación, aunque sus ropas y sus movimientos lo hacían mayor aún. Su pelo, grasiento y descuidado, estaba a punto de ser derrotado por las canas. Vestía una chaqueta marrón oscuro, chaleco de color impreciso, camisa beige y corbata. La corbata parecía una prolongación de su cuello. Llevaba unos pantalones sujetos con el cinturón por encima del ombligo. Los zapatos parecían haber sobrevivido a muchos y largos inviernos. Uno tenía casi la certeza de que sus andares, arrastrando los pies, no eran más que una forma de no mostrar los agujeros de las suelas. Don Segundo Segura fumaba con un ansia que llamaba la atención. A veces no se apartaba la colilla de la boca mientras hablaba, y sus palabras salían envueltas en el humo del cigarrillo, subían hasta los agujeros de la nariz y volvían a salir como rechazadas de una gruta oscura y siniestra.

El despacho del director de la academia era también como la sala de un museo antropológico. La mesa parecía sacada de alguna comisaría de mitad de siglo. En un reducido espacio se amontonaban archivos de madera, estanterías vencidas por libros y carpetas descoloridas. Había ceniceros abandonados, llenos de colillas, en casi todos los rincones. El árbol perchero sostenía varios abrigos que podían ser de antiguos directores ya fallecidos. Don Segundo Segura, agarrado al teléfono, era un elemento más del despacho, con el que no desentonaba en absoluto. Le salía la voz sin ganas, como forzada por la presión natural de los pulmones, o por la inercia. A través del balcón que tenía a su espalda llegaban, atenuadas por los gruesos muros del edificio, las luces de la calle. Todo parecía irreal dentro de aquel despacho.

—Siéntese —me dijo en tono neutro después de colgar el teléfono.

En una mano tenía el currículum que yo le había entregado, y en la otra sostenía un cigarrillo con la ceniza a punto de caer sobre los papeles amontonados en la mesa. Lo empezó a leer con un interés inusitado, como si tratara de encontrar alguna mancha en mi vida académica. Finalmente se quitó las gafas y mostró la fealdad de su rostro sin ningún tapujo. Tenía ojos de miope, muy pequeños y hundidos, y unas bolsas debajo de los párpados que le daban el aspecto de un hombre cansado y harto de su trabajo. Hablaba sin entusiasmo, con un tono muy monótono y adormecedor.

—Así que es usted licenciado en Filología Clásica —me dijo, sin darme tiempo a asentir—. Pues parece usted demasiado joven.

Hizo una pausa, como si esperase alguna justificación por mi parte. En realidad yo no era licenciado en nada. Aquel curso me había matriculado en cuarto de Filología Clásica, con asignaturas pendientes de tercero. Me habían negado la beca de estudios, debía tres meses de alquiler a mis compañeros de piso, y en los bolsillos no llevaba más que una moneda de diez duros y otra de cinco. Mi situación económica —sobra decirlo— era angustiosa. Yo me quedé callado, procurando no darle pie a más preguntas.

—No es eso exactamente lo que andamos buscando —me dijo don Segundo Segura, volviéndose a poner las gafas—. Necesitamos un maestro con experiencia para impartir clases de séptimo y octavo de EGB principalmente.

Me sentí tremendamente defraudado. Era mi última esperanza.

—Verá usted, en el anuncio no decía nada de eso. Sólo pedía un profesor para dar clases en una academia.

Cuando el director vio que yo hacía el ademán de levantarme, se apresuró a detenerme con el gesto y la mirada. Ahora parecía tan defraudado como yo.

—Veamos, veamos, tampoco hay que precipitarse. Quizá usted tenga razón sobre ese anuncio. Estudiemos el asunto con tranquilidad. Estamos desbordados de trabajo y no nos gusta rechazar nuevas matrículas en la academia. Necesitamos un profesor con urgencia. Si usted es licenciado, no va a tener ningún problema. Veamos: ¿Tiene experiencia en la enseñanza?

—No —le dije sin titubear y, enseguida, rectifiqué—. Bueno, excepto las clases particulares de verano.

—De acuerdo —y empezó a tomar notas en una cuartilla amarillenta—. ¿Ha hecho usted el servicio militar?

—Sí —le mentí.

—¿Tiene usted hijos?

—No.

—Bien —dijo como si se alegrara de aquella circunstancia—. ¿Tiene usted esposa o familiares a su cargo?

—No.

—Estupendo, estupendo, eso está bien. La familia termina por convertirse en una lacra —y al levantar la cabeza y ver mi gesto de desconcierto añadió—: Económicamente, se entiende.

Me hizo algunas preguntas más de ese estilo y, finalmente, me dijo:

—Pues no perdamos más tiempo. La plaza es para dar clases de Física y Química de séptimo, Ortografía y Lenguaje de octavo, repaso general de cuarto y quinto, y también Derecho y Contabilidad para las oposiciones de la Administración del Estado.

Sentí como si aquel hombre hubiera descargado sobre mis hombros una losa muy pesada. Esperó hasta verme parpadear y, luego, añadió:

—El horario es de lunes a viernes, de seis de la tarde a diez de la noche. Tendrá usted que darme una respuesta lo antes posible, a poder ser ahora mismo.

Me daba una vergüenza terrible reconocer delante de un veterano de la enseñanza que el trabajo que me ofrecía me quedaba grande por todas partes. Sin duda, yo no estaba preparado para aquello. Mi única meta en la vida, por entonces, era terminar la carrera y dedicarme a escribir unos versos mediocres que yo consideraba arte en estado puro.

—¿Y cuánto voy a cobrar? —dije, tratando de que no me temblara la voz.

El director me miró, se quitó las gafas y empezó a enredarse en un circunloquio.

—Bueno, veamos, debe usted considerar que aún no sabemos si va a adaptarse a este trabajo. Aquí hay profesores con muchos años de docencia que...

Me levanté de malhumor, como si hubiera perdido en aquel despacho un año entero de mi vida. Inmediatamente don Segundo Segura cambió su discurso:

—No puedo darle más que nueve mil pesetas. Si cumple bien su trabajo y nosotros estamos contentos con usted, más adelante hablaríamos de otra cantidad. Por el momento es lo máximo que puedo ofrecerle.

Me pareció una cantidad miserable. Sólo para el alquiler del piso necesitaba ocho mil quinientas pesetas. Y eso sin contar con los meses de retraso que me habían llevado a la ruptura de relaciones con los otros compañeros de piso. Sin embargo, sin aquel dinero mi situación era ya insostenible.

—Acepto —le dije—, pero necesito un anticipo. No puedo esperar hasta final de mes.

Don Segundo Segura me miró como si hubiera escuchado un disparate. Permanecí impertérrito. Se quitó las gafas, arqueó las cejas y echó mano a la cartera. Me dio quinientas pesetas y enseguida las apuntó con una caligrafía diminuta en una libreta que sacó del cajón de su mesa. Tan ridículo me pareció todo, que llegué a pensar que se trataba de una broma. El hombre escribía como si estuviera redactando un pagaré millonario. Luego levantó la cabeza y dijo:

—Mañana mismo puede usted empezar.

Con el paso de los años sigo pensando que aquélla era la frase clave que estaban esperando los profesores de la academia para aporrear la puerta con suavidad.

—Adelante, adelante —dijo el director.

Como dos hurones que metieran el hocico en una madriguera, asomaron las narices don Cirilo Cifuentes y don Efrén Escolano. El primero, bajo y corpulento, vestía americana y chaleco de punto de la misma época que la ropa del director, con una corbata que parecía pintada sobre la camisa. El otro, alto y enjuto, llevaba pajarita y una pipa en la mano. Parecían un dúo cómico. Se esforzaban para que sus rostros mantuviesen la seriedad en los gestos, pero era fácil adivinar que estaban deseando conocer al nuevo profesor. Sin duda, habían estado todo el tiempo con la oreja pegada a la puerta. Don Segundo Segura hizo las presentaciones. Enseguida me sentí examinado minuciosamente por aquellos dos pares de ojos. Hablaban sin apartar sus miradas de mí. Entre ellos se trataban de usted.

—Así que es usted licenciado en Filología Clásica —dijo don Efrén en un arranque de espontaneidad que lo puso en evidencia, y añadió—: *arma virumque cano, Troiae qui primus ab oris Italiam fato profugus Laviniaque venit litora.*

Pronunció los versos de Virgilio como si fueran una letanía. Me dio la impresión de que aquellos dos hexámetros habían dormido en su memoria más de medio siglo, esperando el momento de soltarlos y sentirse libre para siempre de su carga. Don Efrén Escolano miró a sus dos colegas y se puso muy serio. Vistos así, uno al lado del otro, parecían una fotografía en sepia que hubiera tomado vida en aquel mismo instante. Me acompañaron los tres a la puerta, con una cortesía que empezaba a resultarme empalagosa. Sin duda trataban de causar buena impresión, aunque no lo conseguían.

Salí a la calle con la sensación de haber estado bajo tierra durante varios días. Había anochecido ya. En mitad del frío de enero me sentí como en la más hermosa de las primaveras. Me pareció que el ajetreo de los transeúntes estaba más animado que de costumbre. Incluso tuve la extraña impresión de que las farolas iluminaban con más intensidad. De repente la idea de tener que entrar de nuevo en aquel edificio me produjo una angustia pasajera. Apreté el paso. Mis tripas se movían, tratando de encontrar algo sólido. Toqué las monedas que llevaba en el bolsillo y tragué saliva. Desde la noche anterior no había comido decentemente. Pero ahora todo iba a cambiar. Aunque no podría pagar mi deuda aún, al menos el alimento de los próximos días lo tenía asegurado. Eso me animaba. No quería pensar en el día siguiente. Ahora sólo deseaba alejarme cuanto antes de allí. Apreté el paso, invadido por un entusiasmo repentino.

Subí de dos en dos las escaleras de mi piso. Estaba convencido de que, cuando les contara a mis compañeros que había encontrado trabajo, cambiarían la actitud hostil que habían mostrado hacia mí en los últimos tiempos. Pero la ilusión se esfumó enseguida. Encontré en el descansillo todas mis cosas amontonadas junto a la planta de plástico. Aquello era todo lo que yo tenía en la vida: un flexo, unos pocos libros, alguna ropa y una máquina de escribir. La mayor parte de mis cosas las había ido vendiendo poco a poco: el radiocasete, los diccionarios, los manuales en alemán, los libros bilingües. Intenté abrir la puerta, pero habían cambiado la cerradura. Lo primero que hice fue buscar el manuscrito de mis poemas entre el equipaje. Allí estaba; ni siquiera se les había ocurrido quedárselo para obligarme a pagar mi deuda: en tan poca consideración los tenían. Eché una ojeada a las bolsas de supermercado en donde habían metido la ropa y los apuntes. Allí cabía toda mi vida. Sentí un hormigueo en el estómago y un ligero temblor de piernas. Me senté en el último de los escalones. Quería llorar, pero no tenía ganas. Hundí la cara entre mis manos y pensé en la fugacidad de la fortuna.

En cuanto Montse me vio cargado con el equipaje, supuso lo que había sucedido. Abrió la puerta del todo y me dejó pasar. Montse era el consuelo de mis penas, el hombro sobre el que llorar, la musa de los poemas que aún no había escrito. Montse era la única persona que se preocupaba por mí. Me habría gustado enloquecer perdidamente de amor por Montse, pero ella nunca me lo permitió. Para Montse una persona enamorada era una persona enferma.

Me dio de cenar, escuchó mis lamentos y me hizo un hueco en su cama. Esa noche habría sido capaz de decirle a Montse que la quería, pero no me atreví; tan grande era el miedo de que me echara de su casa. Después de hacer el amor le conté lo del trabajo en la Academia Europa. Al principio se ilusionó tanto, que llegué a pensar que tal vez aquel trabajo mereciera la pena. Pero, cuando le dije cuánto iba a ganar y el trabajo que tenía que hacer, se quedó callada. No hizo ningún comentario, aunque yo sabía lo que estaba pensando.

—Si quieres, puedes quedarte aquí unos días hasta que encuentres un lugar para instalarte —me dijo.

Era más de lo que podía esperar de una mujer tan independiente como Montse. Por eso me emocioné. Le prometí escribirle un poema al día siguiente, y ella me besó como si acabara de alabar su inteligencia.

No pude pegar ojo en toda la noche. Mientras Montse se revolvía a mi lado, yo permanecía con la mirada clavada en el techo. Sabía que aquel trabajo no me iba a sacar de la penuria en que me encontraba. Cada vez que pensaba en el ruinoso edificio de la Academia Europa sentía temblores. Pensé tantas cosas, que al final el amanecer me sorprendió sumido en una gran angustia. Y entonces decidí que esa misma tarde hablaría con don Segundo Segura para decirle que el sueldo me parecía una miseria y que un poeta como yo no podía rebajarse a trabajar por un plato de lentejas. Le diría adiós y saldría por la puerta con la cabeza bien alta.

3

La segunda entrada en la gruta fue más desalentadora incluso que la primera, a pesar de que ya sabía lo que me esperaba entre los muros lúgubres de la Academia Europa. Desde la noche anterior no había parado de darle vueltas al mismo asunto. Una cosa tan sencilla como rechazar el trabajo se había convertido, con las horas y el cansancio, en un suplicio. Sin haber trabajado un solo día en la academia, me creía sin embargo estafado por aquel director tan siniestro que me dio quinientas míseras pesetas como adelanto.

Subí las escaleras aguantando la respiración, como si el aire del portal pudiera afectar a mis pulmones. Estaba decidido. En cuanto don Segundo Segura me abriera la puerta, le diría con aplomo y sin afectación que no me interesaba el trabajo, que tenía otra oferta más provechosa. Después, sin esperar su réplica, daría la vuelta sobre mis pasos y saldría para siempre de aquel mundo de sombras y humedades. El trayecto hasta el segundo piso se me hizo eterno. También había pensado que, si don Segundo Segura trataba de retenerme, le hablaría de la explotación de los trabajadores, de la injusticia social y del provecho que algunas personas sacaban de los desesperados como yo. Y si no tenía pensado devolverle las quinientas pesetas era porque había gastado la mitad en el desayuno y la comida, y me parecía una vergüenza devolverle sólo una parte como un mísero ladronzuelo.

Pero con lo que yo no contaba era con que me abrieran la puerta don Cirilo y don Efrén. Cuando los vi de frente pensé que había sucedido alguna catástrofe. Sus rostros eran el reflejo de una tragedia. Me contuve antes de preguntar qué había pasado. La verdad es que me asusté al ver sus rostros descompuestos.

—Llega usted quince minutos tarde —dijeron los abueletes al unísono.

—Así que se trata de eso... —pensé, pero no dije nada.

Cada uno me cogió por un brazo y con sus escasas fuerzas tiraron de mí hacia dentro. No opuse resistencia por miedo a dar con sus huesos en el suelo, de manera que me vi conducido y escoltado a través de un laberinto de pasillos oscuros. En el fondo me resultaba cómico y me daba pena al mismo tiempo ver el esfuerzo que los dos profesores hacían para tirar de mí. Hablaban a la vez, atropelladamente, muy apurados. Entonces opuse cierta resistencia y me detuve. Se me quedaron mirando con cara de niños, incapaces de entender a qué venía mi comportamiento.

—Lo siento, pero no he venido a dar clase. Lo que quiero es ver a don Segundo Segura.

Se miraron, tratando de entender el sentido de mis palabras.

—Es urgente —añadí—. Muy urgente.

Don Cirilo y don Efrén, como si no me hubieran oído, redoblaron sus esfuerzos para tirar de mí. Se detuvieron delante de una puerta de cristales translúcidos. Dentro se escuchaban las voces de unos niños. Como si hubiera entendido mis palabras justo en ese momento, don Efrén me dijo:

—Don Segundo no puede recibirlo ahora, está dando clase y no le gusta que lo interrumpan.

Estaba a punto de responderle con vehemencia, cuando la puerta del aula se abrió y las palabras se alejaron de mi mente.

Los dos profesores de la academia me presentaron a aquel grupo de alumnos de séptimo como si yo fuera una eminencia. Debo reconocer que en el fondo me gustó. El libro de texto del profesor estaba ya abierto sobre la mesa; la pizarra, limpia y con la fecha del día. Los niños me miraban como si de un momento a otro yo fuera a romper a cantar.

—Cuando termine la clase, don Segundo lo recibirá, descuide —me dijo con una amabilidad inusitada don Cirilo Cifuentes.

No fui capaz de replicarle. Los dos salieron del aula y yo me quedé frente a aquellos niños que no paraban de examinarme de arriba abajo.

Dicen que la primera clase, como el primer amor, no se olvida nunca, pero a mí me gustaría poder olvidar las dos cosas. Mientras trataba de ganar tiempo para familiarizarme con el libro de texto que tenía ante mí, me parecía estar hablando en una cueva, a muchos metros de profundidad. Las contraventanas del balcón estaban cerradas con firmeza. Y, sobre todo, no podía quitarme de encima la sensación de que alguien escuchaba al otro lado de la puerta. Me sentía molesto por no haber sido capaz de negarme a entrar en el aula. El libro de Física y Química me daba vueltas ante los ojos. Los alumnos debieron de notar enseguida mi malhumor, porque permanecían callados y a la expectativa. Les mandé abrir el libro por la página en que yo encontré el mío abierto. Escritas con una letra de hormiga y perfecta caligrafía, descubrí las instrucciones de lo que debía hacer con aquel tema. Los ejercicios estaban marcados con flechas y números bastante claros. Los puse a trabajar: primero leer el tema y después hacer los ejercicios. Mientras tanto, yo no podía apartar la mirada de los cristales de la puerta. Aunque no se oía nada en el pasillo, tenía la sensación de que me estaban espiando. A veces me parecía ver sombras fugaces que se movían tras los cristales translúcidos. El ambiente del aula comenzó a resultarme asfixiante. Casi podía sentir la presión del aire. Olía a cerrado y a viejo. Me acerqué al balcón con la intención de abrirlo; los alumnos me miraron como si fuera a cometer un sacrilegio. Era imposible: el balcón no había sido abierto al menos en treinta años. Sentí frustración e incluso vergüenza, delante de aquellos niños, al no conseguir mi objetivo. Creí ver alguna sonrisa irónica en un par de chiquillas. Lo intenté con la contraventana, pero tampoco cedió. En un arrebato de rabia tiré con todas mis fuerzas y me quedé con el tirador en la mano. Sin embargo, la contraventana cedió y se colaron las luces de la calle. Los alumnos ahora me miraban asustados. Les mostré el tirador con arrogancia, como si quisiera dejar claro quién tenía la sartén por el mango. Enseguida agacharon la cabeza y no volvieron a levantarla. La visión de la calle mitigó la claustrofobia y la angustia. Estaba tan alterado que ni siquiera me di cuenta de lo sucios que estaban los cristales. Observé a los transeúntes y los coches como un pájaro enjaulado. Y entonces, justamente entonces, fue cuando la vi por primera vez junto a una farola que la iluminaba bajo su boina azul de lana.

Había anochecido ya. Tal vez en otras circunstancias no habría reparado en ella, pero entonces me pareció una escena hermosa, cinematográfica, liberadora de mi angustia. Era una mujer alta, con una melena muy larga y rizada que parecía nacerle de la boina que llevaba graciosamente ladeada sobre la cabeza. Creo que aquella melena enredada en tirabuzones fue lo primero que me llamó la atención. Llevaba un abrigo oscuro, largo, ceñido por un cinturón anudado; los cuellos levantados, pantalones, un bolso. Fumaba. Después de observarla durante un rato largo, todos los detalles empezaron a resultarme familiares.

Cuando se cumplió la hora, les mandé guardar los libros y me despedí de mis alumnos. Pero las sorpresas aún no habían terminado. Salí al pasillo el primero, con la intención de encontrar el despacho del director en aquel laberinto. Y allí estaban don Cirilo y don Efrén con un grupo de niños, formados en una larga fila, esperando que salieran los de séptimo para entrar en el aula. Al verme salir tan decidido, se anticiparon a mis palabras.

—Don Segundo está ocupado en este momento —me explicó el más alto de los dos—. Pero ya le hemos dicho que usted quiere hablar con él.

—Me da igual si está ocupado —respondí con indignación—. Si no puedo hablar con él ahora, volveré otro día.

Los rostros de los dos ancianos se sobresaltaron. Enrojecieron a la misma vez. Por un instante pensé que les iba a dar un síncope, pero yo no iba a quedarme allí para ver cómo se morían. Seguí pasillo adelante, intentado recordar dónde estaba la puerta de la calle. Me sujetaron por la trenca para tirar de mí con las escasas fuerzas que tenían. Don Cirilo estaba a punto de echarse a llorar. Aquella escena y sus palabras terminaron por conmoverme.

—Por favor, por favor —repetía don Cirilo—, no nos haga usted esto. Qué disgusto, Dios mío. Por favor, por favor. No se vaya usted así.

Me dejé arrastrar de nuevo hasta el aula. Don Efrén hacía pucheros como si fuera un niño. Yo no podía entender nada. Me llevaron como a un corderito al aula y me presentaron a mis nuevos alumnos de octavo. Otra vez, cuando me dejaron a solas con los chiquillos, me sentí engañado. Estaba furioso, pero no era capaz de hacer nada por remediar una situación tan ridícula. Y una vez más, como en la clase anterior, uno de ellos había dejado un libro abierto sobre la mesa con las instrucciones minuciosas de los ejercicios y los contenidos.

Comencé haciendo un dictado y, mientras paseaba entre los pupitres de madera carcomida, me fui acercando al balcón. Allí seguía aquella enigmática mujer. Limpié un poco los cristales con mi pañuelo. Era una imagen exótica: una mujer elegante, vestida a la francesa, bajo la luz de una farola en una fría y desapacible noche de enero. Mi imaginación trataba de evadirse de unos muros que me parecían una prisión. En cuanto tuve la oportunidad de dejar a los alumnos haciendo unos ejercicios, salí del aula. El pasillo estaba en silencio y casi a oscuras. En ningún momento tuve la sensación de que se estuviera dando clase en otra aula. Todo aquello me estaba empezando a resultar siniestro. Caminé, tratando de no hacer ruido. Resultaba extraño tanto silencio en una academia. Enseguida me sentí perdido en el laberinto de pasillos. Fui incapaz de encontrar el despacho. Cada vez estaba más perdido. Me daba igual: no pensaba volver al aula. Traté de encontrar la puerta y escapar de allí, pero una de las baldosas cedió bajo mis pies y produjo un ruido que resonó como si fuera una pesada losa. Aparecieron a mi espalda don Cirilo y don Efrén. Sin duda se alarmaron al verme allí. No quería vivir de nuevo ninguna escena dramática, de manera que traté de excusarme:

—Necesito ir al servicio —mentí—, pero creo que me he perdido.

Me llevaron hasta un aseo oscuro y sucio. Casi tuve que pelear con ellos para que no entraran conmigo. Luego me acompañaron de nuevo al aula.

Y allí seguía aquella mujer, bajo la farola, fumando y cambiando de postura de vez en cuando. No parecía esperar a nadie, ni tener prisa. Traté de inventar una historia para ella. Aunque no podía ver los rasgos de su cara, imaginé que tendría unos treinta años, que sería hermosa. Sin duda habría viajado por todos los continentes y hablaría varios idiomas. De pronto miró el reloj, y el encanto se rompió momentáneamente. También ella, al parecer, estaba sometida a las leyes del tiempo. ¿Esperaría a alguien? ¿Le habrían dado plantón? ¿Cuánto tiempo llevaría allí antes de que yo la viera por primera vez?

Ella fue la culpable de que yo no opusiera mucha resistencia a los dos ancianos profesores cuando me suplicaron, con lágrimas en los ojos, que esperara a la clase siguiente antes de hablar con el director. La clase de Derecho del Trabajo fue surrealista, pero aguanté el tipo por la curiosidad que me producía saber cuánto tiempo sería capaz de esperar la mujer bajo la farola. Quería saber quién era el hombre por el que ella era capaz de perder dos horas de su vida en una noche que empezaba a ser de perros. Porque, sin duda, ella estaba esperando a un hombre. No podía ser de otra manera.

En la clase siguiente, la de Contabilidad, don Cirilo y don Efrén no tuvieron que insistirme. Ni siquiera hice amago de salir del aula. Esperé a que los dos me trajeran a los alumnos. Ahora no podía irme sin saber en qué terminaría la espera de aquella mujer. Durante toda la hora traté de ponerle un nombre. Ninguno encajaba con ella. Quizá fuese extranjera. Entonces no me valdría ninguno de los nombres que le había inventado. No podía creer que siguiera allí después de más de tres horas. Yo tenía la sensación de estar viviendo algo especial. Me propuse espiarla cuando terminara la última clase. No pensaba volver a la casa de Montse hasta que no supiera en qué iba a acabar todo. De pronto me invadió el desaliento al pensar que tal vez se fuera mientras yo salía de la academia. Pasé los últimos diez minutos sin apartar la mirada de la acera. Hablaba de espaldas a los alumnos, tratando de ser coherente en lo que decía; aunque realmente no les estaba diciendo nada.

A las diez salí del aula con la intención de encontrar como fuera la puerta de la calle y marcharme de allí para siempre. No quería que aquella mujer desapareciera en el intervalo. Pero don Cirilo y don Efrén estaban esperándome con una generosa sonrisa.

—Don Segundo lo espera en su despacho —me dijo el más bajo.

Debieron de sorprenderse al ver la cara de incomodidad que puse. Me sentí como un niño al que le apagan la tele para ir a dormir.

El director me esperaba sentado tras la mesa de su despacho, con la mirada clavada en la puerta entreabierta. Me pidió que me sentara, pero preferí quedarme en pie. Seguramente se dio cuenta enseguida de que yo tenía prisa.

—Me han dicho que quiere hablar conmigo.

—Pues sí, verá —en ese momento se escuchó claramente el timbre de la puerta—. Es sobre las condiciones del trabajo y el sueldo.

Me sorprendió la seguridad con que pronuncié aquella frase. En contra de lo que yo esperaba, don Segundo Segura se amedrentó y me miró con cara de asustado. Eso me dio más valor. El timbre de la puerta no paraba de sonar. Procuré, sin embargo, no distraerme.

—Verá, don Segundo, no puedo pasar cuatro horas aquí, todas las tardes, por nueve mil pesetas. No sé si lo entenderá, pero yo tengo muchos gastos. Acabo de alquilar un piso nuevo

—mentí—, tengo que dar una fianza. En fin, que no, que no voy a seguir.

El director mantenía los ojos muy abiertos y sin parpadear. Se había quedado con la boca abierta. Parecía un buey a punto de ser sacrificado. El timbre de la puerta estaba empezando a ponerme nervioso.

—En fin —le dije con prisa—, que ha sido un placer, pero tengo que irme.

Don Segundo se puso en pie como si se hubiera producido un terremoto. La silla cayó hacia atrás.

—Espere, espere, se lo ruego: no se vaya.

—Tengo un poco de prisa, lo siento.

—Le pagaré doce mil pesetas.

El timbre de la puerta me estaba crispando los nervios. Don Segundo debió de notar algo en mi rostro.

—Quince, le pagaré quince.

Me parecía estar representando una escena en el teatro. De repente, fuera de sí, don Segundo Segura gritó con todas sus fuerzas:

—Maldita sea, que alguien abra esa puerta de una vez.

En ese momento se escucharon unos pasos tras la puerta del despacho que se alejaban corriendo.

—Le pagaré dieciocho mil pesetas. No se hable más. Ése es un buen sueldo.

Yo estaba tan sorprendido, que no fui capaz de decir nada. Don Segundo quizá interpretó mi silencio como una negativa. Por un instante pensé que estaba burlándose de mí, que no se trataba más que de una farsa para dejar en evidencia a un novato inexperto.

—Y haré algo más —añadió el director ante mi silencio—: Puede usted quedarse a vivir en la academia. Tenemos un pequeño cuarto con agua que, aunque hace años que no se usa, puede resultar muy apropiado para una persona soltera como usted —yo seguía sin pestañear. Desde el pasillo llegaba un sonido de tacones que se iba aproximando—. Hace tiempo que no se ha usado más que como almacén, pero le aseguro que es muy cómodo. Yo mismo estuve viviendo allí durante unos meses antes de casarme. No le molestará ningún ruido y además...

Alguien empujó la puerta entreabierta, y mi corazón empezó a latir sin control. Apenas a unos metros vi a la mujer que había estado plantada bajo la farola durante horas. La boina de lana azul, la melena y el abrigo eran inconfundibles. Sus labios estaban recién pintados. Era alta y distinguida. Entró muy apurada, casi a punto de echarse a llorar.

—Lo siento, Segundo, lo siento —dijo atropelladamente—. Ya sé que tendría que haberte avisado, pero se me fue el santo al cielo. Cuando miré el reloj, ya eran más de las nueve y media...

Se acercó hasta el director y cogiéndole la mano con ternura le dejó el carmín de los labios marcado en la mejilla. Don Segundo seguía mirándome, sin darle mucha importancia a las excusas de aquella mujer. Ella tendría, en efecto, poco más de treinta años. Parecía sacada de una revista de moda parisina de los años cincuenta. Incluso azorada, mantenía cierta elegancia. Sin ser hermosa ni guapa, su rostro era realmente atractivo. Sus facciones estaban muy marcadas, sobre todo los pómulos, y tenía unos labios carnosos y muy grandes.

—Ya lo sé, Segundo, ya sé que tenía que haberte avisado, pero ya sabes que cuando estoy por ahí pierdo la noción del tiempo.

El director la miró por primera vez con atención.

—No te preocupes, Ariadna, no tiene importancia.

—Eres un cielo, Segundo, pero seguro que estabas preocupado.

—Un poco mujer, un poco. Pero ya sé que estas cosas te pasan con frecuencia.

—Qué vergüenza, mi vida, qué vergüenza. Sé que estás enfadado conmigo.

Mientras la mujer se lamentaba una y otra vez por su retraso, yo no podía creer ni entender lo que estaba oyendo. Las ideas daban vueltas en mi mente. Todo me parecía irreal. Entonces ella, al verme por primera vez, se quedó callada bruscamente.

—Ay, cuánto lo siento. No sabía que estabas ocupado.

Don Segundo hizo las presentaciones con cierto apuro:

—Ésta es Ariadna, mi mujer.

Estuve a punto de echarme a reír. Ella ahora había adoptado otra postura más distante. Me dio la mano con elegancia y me miró a los ojos.

—Perdonad, os dejo. Seguramente os he interrumpido.

Estuve a punto de decirle que no, que se quedara, que yo ya me iba, pero fui incapaz de articular palabra. El olor de su perfume caló hasta mis pulmones.

Cuando Ariadna salió, me di cuenta de que don Segundo me miraba desde el otro lado de la mesa como el náufrago a una tabla en mitad de la tormenta.

—¿Qué me responde? Si quiere, puede instalarse aquí esta misma noche —me dijo con la voz entrecortada.

Comprendí que mi silencio lo estaba torturando. Finalmente dije con voz firme:

—Está bien, acepto.

4

Llevé mis escasas pertenencias a la Academia Europa al día siguiente. El lugar que don Segundo me ofreció para instalarme resultó ser una antigua cocina convertida ahora en almacén de pupitres desvencijados, archivos, libros viejos y carpetas ocultas por las telarañas. La despensa, sin ventanas, tenía un somier y un colchón enterrados bajo pilas de libros y expedientes arcaicos. Aquélla era mi cama. Don Cirilo y don Efrén no se separaban de mí. Intentaban convencerme de que en aquel rincón de la academia iba a disfrutar de intimidad, de silencio y confort. Y lo más sorprendente era que parecían convencidos de lo que decían. Los dos me animaron a bajar algunos trastos a la basura. Les rogué educadamente que me dejaran organizarlo a mi manera. Estuve cuatro días quitando polvo y tratando de ordenar aquellos legajos. Finalmente conseguí adecentar el rincón de la caverna. Instalé mi máquina de escribir y coloqué mis cosas de forma que no se perdieran entre tanto cachivache. Fue un trabajo agotador, pero me produjo una gran satisfacción. Los dos ancianos me esperaban en el pasillo, sin atreverse a entrar, atentos para traerme agua, más estropajos o trapos, cuando yo se lo solicitaba. A la hora de las clases, estaba tan agotado que tenía que hacer grandes esfuerzos para mantenerme despierto hasta las diez de la noche.

Pasé una semana encerrado allí, sin salir más que para comprar algo de comida. Cuando lo tuve todo limpio y razonablemente ordenado, me dio por imaginar cómo habría sido la vida de soltero de don Segundo Segura en aquel extraño lugar. El tiempo parecía que se hubiera detenido allí dentro. Llevaba apenas siete días instalado y ya me costaba trabajo recordar cómo era mi vida antes de entrar en la academia. Parecía como si mi memoria se fuera adormeciendo.

Empujado por el optimismo, me senté ante la que ahora era mi mesa de estudio y comencé a improvisar unos versos. Las palabras pasaban trabajosamente de mi cabeza al papel. Cada verso era un parto. Pensaba en Montse para motivarme, pero la veía muy lejos, como borrosa. Después de tres días, conseguí apenas una docena de versos que rechinaban en mis oídos cuando los leía en voz alta.

Las mañanas eran un remanso de paz en la Academia Europa. Hasta la despensa que hacía las veces de dormitorio no llegaba más ruido que el de alguna mosca que se equivocaba de camino. Era tanto el silencio, que no me despertaba hasta media mañana, justo cuando desde el piso de arriba llegaba el taconeo de unos zapatos de mujer. Luego enmudecía el techo y con frecuencia volvía a dormirme. Empezó a costarme trabajo salir a la calle para comprar provisiones. Tampoco me apetecía acercarme a la facultad para ponerme al día con los apuntes de las últimas semanas. Mi mayor placer era, por el contrario, escuchar el teclado de mi máquina de escribir mientras trataba de darle forma definitiva a aquellos versos horrorosos. A base de oírlos, empezaron a resultarme familiares. Llegó un momento en que incluso me parecieron unos versos dignos. En un arrebato de optimismo, una mañana decidí desprenderme de mi pereza y acercarme a la facultad para enseñárselos a Montse. Sabía que en cuanto lo hiciera se agarraría a mi cuello, me apretaría contra ella y me besaría como si estuviera locamente enamorada de mí.

El ajetreo de la calle me resultaba hostil. Me molestaban los ruidos de los coches, las voces de la gente, el escándalo que salía de los bares. El campus me pareció un campo de concentración. Estuve a punto de volverme en el claustro de Derecho, pero la idea de entusiasmar a Montse pudo más que mi desgana. Me costó trabajo encontrarla. No estaba en clase, ni en la biblioteca, ni en la fotocopiadora. Finalmente di con ella en el lugar que menos podía esperar: la cantina. Me acerqué sin poder reprimir mi entusiasmo. Sujetaba el folio con los versos en una mano. Y, de repente, se me congeló la sonrisa. Alguien vino por detrás y, agarrando a Montse por los hombros, le dio un beso en el cuello. La cara de placer que puso ella me terminó de trastornar. Me quedé clavado a unos metros, tratando de ocultar los versos tras mi espalda. Montse me miró justo en el momento en que yo decidí salir corriendo de allí. Hubiera preferido que no me viera. Aquel tipejo que la besaba era alto, guapo y seguramente también escribía versos. A Montse no le gustaban más que los poetas.

Empecé a distanciarme de la facultad a partir de entonces. El recuerdo de mis días universitarios se fue desdibujando en largas mañanas de meditación en mi cuarto de la academia. Me volví huraño y poco sociable. Destrocé mis obras completas sin ningún remordimiento. Sin darme demasiada cuenta, aquellas paredes entre las que permanecía encerrado tantas horas comenzaron a convertirse en mi universo. Me daba mucha galbana salir a la calle. Las mañanas transcurrían con una tranquilidad que me resultaba reconfortante. A menudo miraba a través de algún balcón y veía el mundo exterior como algo hostil. De vez en cuando escuchaba el taconeo en el piso de arriba, y yo trataba de seguir la dirección de los pasos hasta que dejaban de oírse. Me gustaba pasear por el laberinto de pasillos silenciosos. Al principio, sin embargo, procuraba no alejarme demasiado de mi habitación por miedo a perderme. Me ocurría con frecuencia que al doblar una esquina del laberinto me encontraba totalmente perdido. Cada día descubría aulas nuevas en la academia. A veces tardaba horas en encontrar de nuevo algún punto de referencia para llegar a mi habitación.

Pero no era una sensación desagradable. Si no pensaba demasiado en el lugar en el que me encontraba, mi propia intuición me conducía a donde yo deseaba. Sin embargo, otras veces tenía un fallo de memoria y, de repente, me encontraba totalmente perdido. Cuando no tenía nada mejor que hacer, me dedicaba a dibujar pequeñas marcas en las esquinas, apenas visibles, que me sirvieran para regresar por el mismo camino. Y lo más sorprendente era que don Cirilo y don Efrén se movían por el laberinto con una facilidad que a mí nunca dejó de sorprenderme. Yo les preguntaba si nunca se habían perdido, y siempre me respondían con las mismas palabras y la misma sonrisa de condescendencia:

—Cuando lleve aquí tantos años como nosotros, estos pasillos no tendrán ningún secreto para usted.

Nunca les dije que no iba a estar en la academia tantos años como ellos, pero ahora pienso que si se lo hubiera dicho se habrían reído.

Don Efrén y don Cirilo me veían cada día más encerrado en mi mundo y se esforzaban por agradarme. A veces era cruel con ellos, sin poder evitarlo. Me enteré, sin preguntar, de que vivían en los dos pisos de la primera planta. Solían venir a mediodía para ayudarme en la preparación de mis clases. Me subrayaban en los libros de texto los conceptos que debía explicar en clase; me marcaban los ejercicios y las soluciones; proponían actividades para reforzar los conocimientos. En fin, hacían todo el trabajo por mí. Cuando les preguntaba por sus clases, me respondían con evasivas. Sin embargo, yo estaba empezando a sospechar que los únicos alumnos que asistían a la academia eran los míos. Los dos ancianos me despertaban algunas mañanas para ver si necesitaba algo. Terminaron por traerme la compra, el tabaco y por echar las cartas que le escribía a mi familia. Don Segundo, por el contrario, no solía aparecer por la academia a lo largo de la mañana más que en contadas ocasiones. Aprovechando que tenía toda la libertad para moverme por el edificio, empecé a utilizar su despacho para leer, aguardar la inspiración de las musas y preparar unos exámenes a los que no sabía si me iba a presentar.

Una mañana, mientras don Cirilo y don Efrén trataban de ser amables conmigo, se escuchó sobre nuestras cabezas el taconeo de casi todos los días.

—¿Qué es eso?

—Son pasos —me respondió don Efrén algo confuso.

—Eso ya lo sé. Pero lo que quiero saber es quién vive arriba.

—Don Segundo, claro. ¿Quién, si no?

Su certeza me desconcertó.

—Ésos son los pasos de doña Ariadna —respondió el otro.

¿Así que era ella? Llevaba quince días escuchando los pasos de aquella mujer sobre mi cabeza y no me había enterado. Me hice el ignorante:

—Entonces ¿viven arriba?

—Claro. Desde que se casaron.

Quería conocer más detalles, pero no sabía cómo preguntar para no descubrir mi interés.

—¿Y llevan mucho tiempo casados?

—Ya lo creo.

—Ya llevarán casados cerca de los dieciocho años —añadió el otro.

—Vaya, dieciocho años; eso es mucho tiempo. No sé por qué, pero me figuraba que don Segundo había enviudado y luego...

—Nada de eso.

—Ya, pero ella es tan joven... —dije, tratando de tirarles de la lengua.

—Muy joven, ya lo creo. Pero es que se casaron cuando ella aún no había cumplido la mayoría de edad.

—¿No me diga?

—Sí, sí, como está usted oyendo. Doña Ariadna se enamoró de don Segundo cuando era una chiquilla. Tuvo que luchar mucho con su padre para que le diera el consentimiento. El padre de doña Ariadna fue el antiguo director de la Academia Europa.

—Un hombre muy recto.

—Ya lo creo: recto y formal.

Aquella historia me dio mucho que pensar y, de alguna manera, comenzó a dar vueltas en mi cabeza hasta convertirse en una obsesión. Yo no había vuelto a ver a la esposa del director desde mi primer día de clase. La escena de Ariadna en el despacho de su marido me había desconcertado sobremanera, pero ya la tenía casi olvidada por absurda. Ahora empezaba a torturarme la idea de una Ariadna adolescente, una lolita enamorada perdidamente de un hombre tan gris, con tan pocos encantos, tan... mayor. Cuanto más pensaba en aquella relación, más disparatado me parecía todo. Quizá don Segundo fuera un hombre sumamente rico, pero no imaginaba a Ariadna capaz de casarse con él por dinero. Además, no había más que mirar alrededor para comprender enseguida que don Segundo no era un hombre de posibles.

Las mañanas comenzaron entonces a ser distintas. En cuanto escuchaba el taconeo en el techo, me ponía alerta y trataba de adivinar lo que estaba haciendo ella. Luego, la mirilla de la puerta se convirtió en la ventana por la que empecé a ver el mundo. El ruido más pequeño en el portal me hacía correr hasta la puerta y asomarme por la mirilla para saber quién subía o bajaba. Desde allí me empecé a aprender los horarios de don Segundo y de Ariadna. Siempre salían por separado, a horas distintas. Y volvía cada uno por su lado. Después corría hasta el balcón del despacho del director y la veía cruzar la calle y doblar la esquina. Inmediatamente corría hasta mi aula y la seguía con la mirada hasta que se perdía entre los árboles con aquella elegancia suya. La esperaba a la hora de regreso, cerca del mediodía. Me gustaba verla volver, a través de la mirilla, e imaginar de dónde venía, con quién había estado, qué le contaría a su marido cuando lo viera.

Los días transcurrieron ya de otra manera. No volví a escribir ningún verso, ni fui capaz de repasar siquiera los apuntes de sintaxis latina, ni de traducir un solo hexámetro de Homero. Me invadió una gran desgana. Pasaba el tiempo vagando por los pasillos de la academia, o tumbado en la cama tratando de escuchar algún ruido en el piso superior, o sentado en el despacho de don Segundo. Hasta que mi cabeza, alterada por tanta monotonía, comenzó a planear el modo de acercarme a Ariadna de forma que pareciera un hecho fortuito. En todo el tiempo había comprobado que don Segundo salía siempre antes que su esposa. Lo veía comprar el periódico en el quiosco de enfrente y, luego, alejarse por el mismo sitio todos los días. Cuando me aseguré de que seguía las mismas pautas diariamente, decidí buscarme una excusa para subir a su casa cuando él no estuviera. Resultaba todo tan fácil, que incluso me pareció que debía inventar algo para que fuera más excitante. Por fin, una mañana tomé la decisión de subir y entablar conversación con Ariadna, como la cosa más natural del mundo. Probablemente lo único que yo tenía entonces era sólo curiosidad y muchas ganas de que ella se fijara en mí.

Tras asegurarme de que don Segundo Segura salía de casa, compraba el periódico y se alejaba por el mismo sitio de siempre, esperé un rato hasta comprobar que no volvía sobre sus pasos. Yo estaba muy nervioso. Me había aseado a conciencia. Lamenté no tener algo más nuevo para ponerme. En realidad mi vestuario de estudiante pobre dejaba mucho que desear. Ya era demasiado tarde para pensar en esas cosas. Los nervios me atenazaron durante un buen rato, hasta que por fin me armé de valor y subí las escaleras tratando de no hacer ruido. El descansillo del piso de arriba era tan siniestro como el de la academia. Entonces me quedé parado por culpa de algo que no había tenido en cuenta: igual que en la primera planta, allí había dos viviendas. No sabía cuál era la de Ariadna. ¿Y si me equivocaba de puerta? Estaba en mitad de aquel dilema, cuando se abrió la puerta de la derecha y apareció una mujer mayor, vestida de negro. Llevaba un bolso en una mano y sujetaba con la otra un bastón. Al verme se quedó tan sorprendida como yo. Nos miramos sin decir nada. Hice una ridícula reverencia con la cabeza para saludarla. Ella me imitó. Tenía que actuar deprisa, antes de que Ariadna me encontrara allí y tuviera que dar mis excusas inventadas delante de aquella mujer desconocida.

—¿Buscas a alguien? —me preguntó, intentando mostrar normalidad.

—A don Segundo Segura.

—No está —me dijo, convencida—. Salió hace diez minutos.

No podía entender qué estaba pasando. ¿Por qué aquella mujer sabía con tanta exactitud algo que a mí me había costado mucho tiempo y paciencia? Estuve a punto de volverme hacia la escalera, pero ella añadió, señalando a la otra vivienda:

—Si es algo urgente, puedes dejar el recado a mi hija.

—¿Su hija?

—Sí, mi hija es la mujer de Segundo. Ahora está en casa.

—¿Usted es la madre de Ariadna?

Me miró como si acabara de verme por primera vez. Yo aproveché para fijarme con más atención en ella. No era tan mayor como me había parecido al principio, pero el luto y el bastón la avejentaban. Seguramente frisaba los sesenta años. Sin embargo, no se parecía en nada a su hija. La mujer levantó el bastón hasta la altura de su cara y se acarició el mentón como si estuviera tratando de reconocerme. El mango del bastón brilló con la escasa luz de la bombilla del rellano. Era una cabeza de jaguar plateada.

—¡Qué estúpida soy! Claro que sí. Tú debes de ser el nuevo profesor de la academia —se lo confesé con una sonrisa—. Vaya, vaya. ¿Cómo no habré caído antes? Yo soy Pasífae.

Le di la mano y me presenté.

—Enseguida llamo a mi hija —dijo, acercándose al timbre.

—No, por favor, no se moleste. Yo en realidad con quien quería hablar era con don Segundo.

La mujer se detuvo a punto de pulsar el timbre. Inesperadamente me dijo:

—Mi hija me ha hablado mucho de ti.

Un fuego me subió desde el estómago hasta la cara. Agradecí que hubiera tan poca luz para que no se me notara el sofoco. Fui incapaz de responder.

—Sí, sí. Dice que eres un profesor estupendo, que los alumnos están muy contentos contigo.

—No sé, no sé... Si ella apenas me conoce.

—Ya, ya. También lo sé. Pero su marido no tiene secretos para ella.

De pronto se quedó en silencio y me miró muy seria a los ojos.

—Te acuestas muy tarde, ¿verdad? Seguro que duermes muy poco —al ver mi cara de sorpresa, sonrió—. No te preocupes, eso no me lo ha contado mi hija. Yo me quedo oyendo la radio hasta muy tarde, y algunas noches he visto por el patio interior que tenías las luces encendidas.

Me sentí desnudo. Estaba tan nervioso que no fui capaz de articular palabra.

—Seguro que te gusta leer —me dijo la madre de Ariadna.

Hice un esfuerzo.

—Leo, claro que leo. Además, me gusta escribir por las noches.

Me miró de arriba abajo y su rostro cambió a un gesto de admiración.

—¿Es eso cierto?

—Bueno, sí, es cierto. En realidad escribo poesía.

Ella se acercó, como si tratara de leer algo en mi rostro.

—Eso es estupendo, hijo. A Ariadna le va a encantar cuando se lo cuente. Porque puedo contárselo, ¿verdad? —asentí con una más que falsa modestia—. Creo que no hay nada que le entusiasme más a mi hija que la poesía.

Yo no sabía dónde meter las manos en ese instante. Temía que de pronto se abriera la puerta y apareciera Ariadna allí. Empecé a carraspear.

—Bueno, me voy —le dije, tratando de aliviar el apuro que sentía—. Aún tengo muchas clases que preparar. Ha sido un placer, señora.

—Llámame Pasífae, por favor, a pesar de la viudedad y de esta cadera rota, aún no me siento tan mayor.

—De acuerdo, Pasífae. Ha sido un placer conocerla.

Bajé los escalones atropelladamente y, al llegar al primer descansillo, oí la voz de la mujer que me decía:

—Quiero que subas un día a tomar un café conmigo. Seguro que tienes muchas cosas interesantes que contarme. Si estás ocupado por la tarde, sube cualquier mañana.

Después corrí escaleras abajo y me encerré en la academia.

5

El patio de luces de la academia se convirtió en el periscopio por el que yo veía el mundo superior. Y el mundo superior era el de Ariadna. Por la noche, hasta que no se apagaban las luces del piso de arriba, no me apartaba de la ventana. Era un patio estrecho, oscuro, siniestro como todo el edificio, pero yo no podía pasar mucho tiempo sin echar una mirada por aquel periscopio. A veces veía la silueta de Pasífae detrás de los visillos de su ventana y me alejaba corriendo, temeroso de que me descubriera espiando. Me sorprendía que Ariadna le hubiera hablado de mí. Yo quería que Ariadna me viera mejor, que se fijara en mí. Pero cómo. Ella ni siquiera podía sospechar las horas que yo pasaba espiándola a través del patio, de la mirilla, de los balcones. Las luces en casa de Ariadna se apagaban muy tarde. Trataba de reconocer entonces algún ruido en el piso de arriba, pero era imposible. En cuanto las ventanas quedaban a oscuras, yo empezaba a vagar como alma en pena entre la desolación de la academia.

Le encontré placer a sentarme tras la mesa de don Segundo. Ése era el centro del laberinto. Desde allí trataba de hacerme una idea de la personalidad de aquel hombre con mirada de bóvido. Llegué a conocer cada uno de los papeles, lápices y trastos que había sobre su mesa. Finalmente aparqué los escrúpulos y también esculqué sus cajones. Allí sólo había cosas inútiles que no desvelaban nada de su personalidad, excepto que era un hombre desordenado y poco pulcro. Examiné cada uno de los objetos, leí todas las notas y busqué algún indicio para comprender cómo Ariadna podía haberse enamorado de él. Todo fue en vano: el contenido de sus cajones era tan gris como el propio don Segundo. Sin embargo, mi curiosidad llegó al límite cuando encontré cerrado uno de los cajones. Eso me hizo pensar que tal vez no fuera tan fácil llegar a la intimidad del viejo. Intenté abrirlo sin forzarlo, pero no fui capaz. Desistí, con la vaga sensación de que allí dormía el secreto del encanto de don Segundo.

Volví a ver a Ariadna otra vez en la academia. En realidad, más que verla la oí. Estaba en mitad de una clase cuando percibí el sonido de unos tacones que me resultaba muy familiar. Primero me pareció que sonaban en el piso de arriba, pero en realidad era la propia Ariadna caminando por los pasillos de la academia. Asomé la cabeza y un perfume fuerte me hizo temblar. Sin duda era ella. Me puse nervioso, muy nervioso. Mi aspecto era deplorable: no me había afeitado esa mañana y llevaba la misma ropa que el primer día de clase. Una mujer como Ariadna no podría pasar por alto aquellos detalles. Dejé a los alumnos trabajando y me perdí en el laberinto. Ningún ruido en las aulas. Allí no había más alumnos que los míos. Me quedé a unos pasos de la puerta del despacho de don Segundo. El corazón luchaba por salirse de mi pecho. La puerta estaba abierta, y la conversación entre director y Ariadna se oía con claridad.

—Quizá vuelva tarde —estaba diciendo Ariadna—. Ya sabes que Javier cuando sale no tiene hora.

—Ya, ya lo sé. Bueno, pues si se te hace muy tarde coges un taxi.

—Pero, si tú no quieres, no salgo.

—No, mujer, si has quedado ya, tienes que ir.

—Sí, pero yo sé que Javier no te hace mucha gracia.

—No empecemos, Ariadna. Se te ha metido en la cabeza que ese payaso me cae mal... —la voz de don Segundo pareció alterada por un instante—. Perdona, mujer, no quería decir eso.

—De acuerdo: si no quieres no voy. Además, no sé si me apetece —me pareció que Ariadna se ponía zalamera—. ¿Por qué no vienes tú?

—¿Yo? Qué disparate estás diciendo.

—Anda, cariño, igual te animas de aquí al viernes.

Yo escuchaba aquella conversación con el alma en vilo. Trataba de ir más allá de las palabras, pero la idea de que me descubrieran allí me aterrorizaba. De repente los dos se quedaron en silencio y Ariadna apareció en el pasillo. Su melena rizada y larga fue lo primero que vi. Me miró con la mayor naturalidad, me saludó por mi nombre, sonrió con coquetería y siguió pasillo adelante sin dudar un momento sobre el camino que debía seguir. Al parecer yo era el único que se perdía dentro del laberinto. El perfume era tan intenso ahora que sentí cómo llegaba hasta el fondo de mis pulmones. Por la noche apenas pegué ojo.

En cuanto cobré el primer sueldo, me propuse dar otro rumbo a mi vida. Ahora que no salía, apenas gastaba. Decidí cambiar mi aspecto de estudiante pobre, y para eso necesitaba comprar ropa nueva. Le pregunté a don Efrén dónde podía encontrar ropa que no fuera juvenil. Me miró como tratando de recordar la última vez que había renovado su vestuario. Luego buscó a don Cirilo para que lo asesorase y, finalmente, me aconsejaron que fuera a los Almacenes Arias.

Gasté mucho dinero en comprar ropa de saldo en los Almacenes Arias. Tardé toda una mañana en decidirme. Jamás me había puesto una chaqueta americana, ni chaleco, ni corbata. Pero si don Segundo Segura vestía así, algún encanto habría visto Ariadna en una vestimenta tan arcaica. Cuando me vi en el espejo de la academia disfrazado de esa guisa, creí haber envejecido más de quince años. Aquél no parecía yo, pero ya era tarde para volverme atrás. Tardé dos días en acostumbrarme a llevar semejante atuendo. Don Cirilo y don Efrén me felicitaron por la elección del vestuario, pero yo no podía dejar de verme como el proyecto de lo que sería al cabo de unos años.

Atormentado por la soledad de la academia, el viernes por la noche decidí salir a dar una vuelta. Era la primera vez en un mes que me acercaba a los bares de siempre. En mi cabeza tenía la lejana esperanza de tropezarme con Montse, aunque estaba bastante dolido desde la última vez. Me tomé una cerveza en el Café Creta y vagué por las tabernas sin saber muy bien adónde meterme. No quería pasar por el Bar Minos, porque sabía que allí podía encontrar a los de siempre, y no deseaba dar explicaciones de dónde andaba metido, o qué era de mi vida. Pero cerca de la medianoche no pude resistirme a pasar por la puerta y echar una miradita por las grandes cristaleras. Ésa era mi única intención: mirar de reojo, reconocer tres o cuatro caras y comprobar que todo seguía igual después de un mes. Sin embargo, las cosas no salieron como yo pensaba. Apenas miré al interior del Minos, descubrí una larga y rizada melena acodada en la barra. Incluso de espaldas pude reconocer a Ariadna. Ahora no sabía qué hacer. Volví a pasar ante los ventanales en dirección contraria. Estaba acompañada por dos hombres. Después de pasar seis veces y aprenderme la escena, entré con la cabeza agachada y me fui directamente al extremo de la barra. Pedí una cerveza sin levantar los ojos de mis manos y me la bebí de un trago. Cada vez que alzaba un poco la vista, podía ver el rostro de Ariadna reflejado y multiplicado por los espejos. Hablaba gesticulando mucho. Aquellos hombres la miraban como si fuera una diosa. Me sentí celoso como Safo al contemplar a su amada hablando con otro.

Y de pronto ocurrió. La vi levantarse del taburete y dirigirse hacia donde yo estaba. Pasó por mi lado y se detuvo en la puerta de los servicios. Había otras dos chicas aguardando su turno. Y entonces me miró. Sus ojos estaban brillantes. Sonreía. Me pareció la mujer más atractiva del mundo. Me llamó por mi nombre y se apoyó en la barra, casi pegada a mí.

—Esto sí que es una sorpresa. ¿Y esa imagen progre? —me dijo, señalando mi indumentaria.

—¿No te gusta?

Tardó en responder.

—No está mal, pero te hace un poco mayor. Por cierto, mi madre está aún esperando que subas un día a tomar café.

Me pareció que ella sabía muchas más cosas sobre mí de las que yo suponía. Cuando salió del servicio, me cogió de la mano y tiró de mí sin preguntar si estaba solo.

—Mira, ven, te voy a presentar a unos amigos.

A pesar de los nervios no me pude resistir. Me presentó a sus dos acompañantes. Uno de ellos era Javier M., un poeta al que yo leía con mucha envidia. Para mí era un gran poeta. Lo había visto muchas veces por los bares, de madrugada, rumiando en los garitos versos que seguramente no escribiría. Los tres hablaban como si se conocieran de mucho tiempo. Yo era incapaz de intervenir. Llegó más gente y empezamos a beber como en una boda. Ariadna estaba espléndida. Viéndola entre aquellos amigos, la imaginaba junto a don Segundo y no podía entender que fuera la misma mujer. Entonces, mientras los demás reían por alguna ocurrencia, ella acercó su boca a mi oído y me dijo:

—Me ha contado mi madre que eres poeta.

Enrojecí.

—Tu madre es una exagerada. Yo sólo le dije que escribo versos.

Ella me miró, tratando de leer más allá de mis ojos.

—Sólo los poetas son capaces de escribir versos —me dijo con una sonrisa achispada.

Levantó su vaso y brindó conmigo. Yo traté de desenvolverme con desparpajo:

—Pues, entonces, soy un poeta —levanté mi vaso, busqué el suyo y brindé—. Por los poetas.

—Por los buenos poetas.

Esa noche el tiempo se escapaba de mis manos como yo nunca había sentido. Ariadna bebía con una serenidad que me resultaba incomprensible. Yo tenía la vejiga llena de cerveza y no paraba de ir al servicio. Recorrimos algunos garitos más hasta las tres. Ella bebía güisqui con hielo y se mantenía con mucha dignidad, mientras que a mí se me trababa la lengua y los ojos se me iban enrojeciendo por momentos.

—A veces te veo a través del patio de luces —me confesó después de darle un largo trago a su vaso—. No creas que te espío, pero me asomo y veo la luz encendida y tu sombra detrás de los cristales.

Me sentí descubierto, pero me daba igual.

—Sí —le dije—, me gusta mirar por el patio de luces. Es como asomarse y ver las sombras que llegan a la caverna.

Me sonrió. A esas horas de la noche yo me sentía bastante suelto. Pedí una ronda más y me pasé al güisqui.

—¿Tu marido no sale contigo por las noches?

Por primera vez me miró con una sonrisa alcohólica. De repente se puso triste.

—No, a él no le gusta este mundo. No le gusta trasnochar.

—Entonces tú eres la que se queda despierta hasta las tantas de la noche.

Volvió a sonreír.

—Así que me espías...

Yo también le sonreí.

—Pues sí, la verdad. Es lo que hago por las noches, además de escribir versos.

Me besó espontáneamente en la mejilla, y yo tuve que hacer un esfuerzo para comportarme con naturalidad.

—¿Has leído a Cavafis? —me preguntó sin venir a cuento.

Parecía que los dioses se habían puesto de mi parte.

—*¿Qué esperamos congregados en el foro?* —recité con voz de borracho—. *Es a los bárbaros que hoy llegan.*

Ariadna continuó:

—*¿Por qué esta inacción en el Senado? ¿Por qué están ahí sentados sin legislar los Senadores?*

—*Porque hoy llegarán los bárbaros* —dijimos los dos a la vez.

Nos quedamos solos en el garito. Aquella mujer conocía a Pessoa y a Cavafis como si se hubiera emborrachado con ellos toda la vida. Ahora se le trababa la lengua como a mí, y eso me tranquilizó. Cuando el camarero se negó a servirnos, nos dimos cuenta de lo tarde que era. Nos miramos y empezamos a reír con la risa floja de los borrachos. Sin embargo, cuando Ariadna se puso el abrigo y comenzó a andar, su figura se mantuvo erguida y sin titubeos. Se agarró a mi brazo y caminó sobre unos zapatos de tacón que resonaban contra los adoquines. Las basuras de las calles ya estaban recogidas y faltaba poco para el amanecer. Sentí que el tiempo se me escapaba.

—Conozco un sitio que aún está abierto —le dije, tratando de estirar la noche.

Ella no se inmutó.

—Es muy tarde para mí.

—Entonces te acompañaré a casa.

Ariadna explotó en una carcajada que delató su borrachera. No podía parar de reír. Yo me contagié.

Nos costó mucho trabajo abrir la puerta del portal. La cerradura se movía como el tambor de una lavadora. Nos acogió el frío y la humedad de la caverna.

—Espera, no enciendas la luz —dijo Ariadna.

Sacó una pequeña linterna del bolso e iluminó los escalones de madera. La escalera de caracol me daba vueltas en la cabeza. Me cogió de la mano y tiró suavemente de mí.

—Si pisas por donde yo lo haga, no haremos ruido.

Parecíamos dos chiquillos jugando a la ruleta. Era una imagen absurda, pero divertida. Yo trataba de no soltarme de su mano y de pisar por donde ella pisaba. Nos detuvimos delante de la academia. Ariadna dirigió el haz de luz a mi rostro.

—Hasta mañana —me dijo.

No podía dejarla ir así. Quizá nunca se me presentara una oportunidad como aquélla.

—Te invito a tomar el último trago —le dije, tratando de mostrar naturalidad.

—Es muy tarde...

—Lo sé, pero te prometo que va a ser el último.

Tiré ligeramente de ella y no encontré resistencia. Abrí la puerta con mucha dificultad, sin soltar su mano.

Dentro del laberinto y a solas con Ariadna, me sentí el hombre más dichoso del mundo. Temía que ella notara los latidos de mi corazón. La sujeté por la cintura y la atraje hacia mí. Se dejó abrazar. La besé con mucha ternura en los labios. Olía a güisqui mezclado con su perfume. La sujeté por la nuca y ella no se resistió. Busqué su lengua con la mía y nos besamos largamente.

—Espera, espera —dijo, apartando la cara—. Me invitaste a tomar algo, pero no a esto.

—Es verdad. Soy un condenado mentiroso: no tengo nada de beber.

Me pareció que ella sonreía en la oscuridad. El siguiente beso lo rechazó, pero sin demasiada convicción. Necesitaba cambiar de estrategia. Entre la nube de mi mente busqué unos versos de Pessoa para ayudarme en semejante trance:

—*Pasado mañana, sí. Pero sólo pasado mañana...* —recité con zozobra—. *Mañana me pasaré el día pensando en pasado mañana, y así será posible.*

Sentí que sus brazos se aflojaban y que descargaban su peso sobre mí. Me besó con una pasión que parecía sincera. Luego se retiró y sentí sus versos bañados en alcohol:

—*Levarei amanhã a pensar em depois de amanhã, e assim será possível; mas hoje não...** —me dijo en un portugués delicioso.

Y luego añadió:

—*Não, hoje nada; hoje não posso.***

Aquel verso desató mi delirio. Busqué su espalda con mis dedos y su cuello con mis labios. Me pareció que se estremecía, que buscaba mi boca. Sentí cómo su cuerpo se apretaba con fuerza contra el mío. Su muslo se coló entre mis piernas. Me apreté contra ella aún más. Mis manos fueron buscando sus pechos. Se colaron entre el escote y acariciaron sus pezones. Ariadna jadeaba. Me mordisqueó los labios y me acarició el pecho por debajo de la ropa. Yo tenía su perfume en el cerebro. Y de repente se apartó de mí.

—Estamos locos —dijo con voz de borracha—. Esto no se le ocurre a nadie.

* Mañana me pasaré el día pensando en pasado mañana, y así será posible; pero hoy no...
** No, hoy nada; hoy no puedo.

Sentí que el mundo se me caía a los pies. Se liberó de mis manos, pero no se apartó de mí. Permanecimos abrazados.

—Yo estoy casada. Además, mi marido es tu jefe y está durmiendo justo encima de nosotros.

Rompí a reír por los nervios. De pronto, toda la magia había desaparecido. Ella también se rió con fuerza. Yo sabía bien que aquello era lo máximo a lo que iba a llegar esa noche.

—Tienes razón, Ariadna, pero Pessoa me ha enloquecido.

—A mí también —me confesó, apartándose suavemente y recomponiéndose la ropa—. Por eso cuando voy borracha no me gusta hablar de poesía.

—Prohibido hablar de poesía.

—Tengo que irme.

—Te acompaño hasta tu puerta.

—Ni se te ocurra —dijo con fingida alarma.

Me besó y abrió la puerta de la calle.

—Eres un cielo —me dijo antes de cruzar el umbral—. Ah, y no olvides subir a hacerle una visita a mi madre; le has caído muy bien.

Mientras veía amanecer a través del balcón, me senté tras la mesa de don Segundo y comencé a escribir frenéticamente unos versos que la imagen y el recuerdo de Ariadna le iban dictando a mi mano. Escribí y escribí hasta caer rendido sobre los folios manchados con mis versos.

6

Pasé dos días enajenado por la fiebre de la poesía y por el recuerdo de Ariadna. Los folios en blanco se me quedaban pequeños para expresar el torrente de imágenes y sensaciones que brotaban de mi mente. Cuando por fin llegó el lunes, me encontraba exhausto.

Tenía la vaga esperanza de ver otra vez a Ariadna en la academia. Pura quimera. En lugar de eso, don Segundo Segura me mandó a clase el recado de que quería verme. Eso me puso muy nervioso. Traté de retrasar el encuentro todo lo que pude. Mi intuición me decía que iba a suceder algo trágico. Yo, en realidad, tenía poco que perder, pero la idea de que don Segundo tuviera alguna sospecha me provocaba una terrible angustia. Por otra parte, si algo tenía que suceder, que sucediera cuanto antes.

Entré en el despacho, encogido y desconfiado. Don Segundo estaba serio, muy serio, sentado tras su mesa. Se quitó las gafas y me pidió con un gesto que me sentara. Me di cuenta de que metió algo en un cajón y lo cerró con llave. Luego se guardó la llave en el chaleco. La gravedad con que escondió la llave me hizo pensar que allí ocultaba algo importante. Se puso las gafas y me miró desde sus ojos de buey derrotado.

—Perdóneme que le haya hecho venir a mi despacho —comenzó en un tono neutro—, pero quería hablar con usted sin testigos ni curiosos.

Yo me sujetaba las manos, tratando de disimular el nerviosismo.

—Verá, don Segundo, tengo un poco de prisa.

—Entiendo, entiendo. Trataré de ser breve y no hacerle perder mucho tiempo.

Aquella frase sonó solemne, casi amenazadora. Yo miré hacia la puerta para asegurarme de que me quedaba cerca.

—Pues verá: quiero agradecerle lo que hizo usted por Ariadna la otra noche.

Mi rostro era una interrogación mayúscula.

—Mi esposa me lo ha contado todo.

—¿Todo?

—Sí, me dijo que se encontraron por casualidad, que le presentó a sus amigos y que finalmente la acompañó usted a casa. Quiero que sepa que le estoy agradecido por ese gesto.

—No tiene importancia. Además, me pillaba de camino —añadí, tratando de quitar solemnidad a sus palabras.

Pero don Segundo no pareció haberme escuchado.

—Verá usted, mi mujer y yo somos dos personas muy diferentes —aquel amago de confesión me puso alerta—. Yo la quiero mucho, entiéndame. Pero nuestros gustos...

—Me hago cargo.

—Pues eso. A mí no me gusta salir. Los bares nunca me han atraído; ni siquiera de joven.

—Entiendo perfectamente.

Me parecía que aquello no iba a ser más que la confesión de un anciano con remordimientos, cuando de repente me soltó:

—Mire: usted le ha caído muy bien a mi mujer. Y yo me pregunto si no le costaría mucho trabajo invitarla a salir por ahí de vez en cuando. Me refiero a tomar algo, a pasear, al cine, al teatro; en fin, qué sé yo. No quisiera que usted me mal interpretase, desde luego. Usted es un hombre joven, culto, preparado; es el tipo de persona con la que Ariadna nunca se aburriría. Créame, yo la conozco muy bien.

Guardó silencio. Se puso las gafas y observó mi reacción. Yo no daba crédito a lo que me estaba pasando. Hice un esfuerzo para salir de una situación tan absurda.

—No sé si lo he entendido bien. ¿Usted quiere que quede con doña Ariadna fuera de la academia?

—Lo ha entendido perfectamente. Nada me agradaría más. Por supuesto, si usted la invita a tomar algo yo le abonaré todo lo que gaste, hasta la última peseta. Sin reparar en gastos. ¿Me entiende? Se lo pido como un favor personal. Siento que Ariadna se está marchitando entre estas cuatro paredes, y yo no soy capaz de darle lo que necesita. Si usted no me hubiera demostrado que es una persona de confianza, no se me habría ni pasado por la cabeza decirle nada de esto. ¿Qué me responde?

Hice un tremendo esfuerzo para aparentar normalidad.

—De acuerdo: hablaré con ella. Pero la verdad es que la veo tan poco.

—De eso me encargo yo, no se preocupe.

Hice un amago de levantarme. Me moría de ganas de salir de allí.

—Ya sé que tiene usted prisa, pero quería tratar otro asunto sin dejar que pase más tiempo.

A esas alturas yo me esperaba ya cualquier cosa. Dejé caer todo el peso de mi cuerpo sobre el respaldo de la silla y lo miré con gran curiosidad.

—Verá: mi hija vuelve a casa mañana —sin duda, debió de percatarse de mi sorpresa—. Sí, se llama Egle. En junio cumplirá dieciocho años. —yo hacía un gran esfuerzo por no poner cara de estúpido—. Hasta ahora estudiaba el bachillerato en un colegio en régimen de internado. Pero no es muy buena estudiante. En realidad, los estudios no le gustan nada. Es el segundo centro del que la expulsan. Ahora terminará el curso en un instituto público; a ver si allí pueden encaminarla.

Hizo una pausa para ver cuál era mi reacción. Yo trataba de no pestañear.

—Lo que quiero preguntarle es si estaría usted dispuesto a darle clases particulares. El griego y el latín son un muro para ella. Le pagaré bien, no se preocupe por eso.

Traté de retrasar mi respuesta. Parecía que todo aquello no me estaba sucediendo a mí.

—Verá, don Segundo, no es cuestión de dinero. La verdad es que hace tiempo que quería hablar con usted.

—Dígame, dígame qué es lo que le preocupa entonces.

—Pues mire: cada día tengo más alumnos en clase.

—Sí, sí, me hago cargo.

—Y, sin embargo, don Efrén y don Cirilo no parecen demasiado cargados de trabajo. No quiero que usted interprete mal lo que le estoy diciendo. Pero a lo mejor ellos podían encargarse de las clases de su hija.

Meditó su respuesta antes de hablar.

—Lo había pensado, pero Egle es un tanto... especial. Creo que ellos no se entenderían bien con la niña.

—Pero yo termino a las diez de la noche.

—También he pensado en eso. En fin... Si a usted no le importara trabajar los fines de semana... Una horita el sábado... Y otra el domingo. Las clases serían en mi casa, para que usted se sienta con más confianza.

Eso cambiaba mucho las cosas. Me propuse contar hasta diez, muy despacio, antes de responder, pero sólo aguanté hasta siete.

—De acuerdo, lo haré por usted. Avíseme cuando quiera que comencemos.

A partir de aquel lunes empecé a frecuentar la casa de Pasífae para tomar café antes de las clases. Su casa era como el camarote de un barco cargado con los restos de muchos naufragios. Su alegría, cada vez que la visitaba, me parecía sincera. Le gustaba acompañar el café descafeinado con un dedo de anís. Era una mujer con la que daba gusto conversar. Yo trataba de sacar el tema de su hija siempre que podía. Pero me daba miedo delatarme. A veces, Pasífae rescataba su pasado en voz alta, y yo la escuchaba con mucha atención.

—Mi difunto esposo también era profesor. Dirigió la Academia Europa durante muchos años. Era el hombre más apuesto que he conocido.

—¿Hace mucho tiempo que murió?

—A mí me parece que fue ayer, pero ya hace más de diez años. Me quedé viuda muy joven, ¿sabes? Pero él tenía ya ochenta, y el pobre había padecido mucho durante la guerra. Lo que son las cosas: me enamoré con quince años y nunca sentí nada por ningún otro hombre. Y eso que me doblaba la edad. Bueno, más que doblármela. Mi madre se llevó un disgusto cuanto le dije que me quería casar con él.

La información que yo iba obteniendo de Pasífae no hacía sino aumentar mi curiosidad. Me parecía que la madre y la hija eran dos almas gemelas que habían vivido las mismas secuencias en planos diferentes. A veces, a través de la historia de Pasífae, yo intentaba adivinar la propia historia de Ariadna. Sin embargo, no me atrevía a preguntar abiertamente.

—Ya me han dicho que vas a darle clases a mi nieta.

—Pues sí.

—Es una buena chica, pero deberás tener mucha paciencia con ella.

Pasífae hablaba de su nieta con una melancolía que a veces rozaba la tristeza.

—Es igualita que su madre —me confesó, como desahogándose—. Me refiero a la forma de ser, claro. Es cabezota y no para hasta salirse con la suya. En el fondo yo también era así a su edad. En lo único que no le ha salido a Ariadna es en los estudios: mi hija era muy aplicada en el instituto y en la universidad.

—¿En la universidad?

—Claro: mi Ariadna, a pesar de tener una niña a los dieciséis años, estudió su carrera. Y te diré algo más: antes de los veinte ya escribía unos poemas que ya me gustaría que los leyeras.

—Yo estaría encantado, por supuesto.

La hija de Ariadna no era muy distinta a como la había imaginado. Físicamente no se parecía a su madre. Y, en cuanto al padre, parecía más la hija del dios Dioniso que de don Segundo Segura. Aunque delante de su padre se mostraba recatada y modosa, en cuanto nos quedábamos a solas, su carácter se volvía díscolo. Se sabía atractiva y le gustaba utilizar aquella arma. Se exhibía delante de mí con movimientos poco naturales que dejaban claro lo bien que había trabajado en ella la madre Naturaleza. Vestía ropa ceñida, escote, pulseras y pendientes largos. Jugueteaba con frecuencia con su pelo liso y le gustaba ponerme a prueba a cada momento. Tal vez mi mayor error fue no hacer demasiado caso a sus encantos, en contra de lo que ella esperaba en un chico de mi edad. En lugar de eso, yo estaba más pendiente de todos los detalles que había a mi alrededor. El salón de la casa parecía una biblioteca inglesa de principio de siglo. Yo nunca había visto tantos libros juntos en una habitación. A veces sucumbía a la tentación de hojearlos. Abría las páginas y buscaba algún *ex libris*, un nombre, una fecha, una dedicatoria, una hoja seca entre las páginas. La presencia de Ariadna estaba en cada uno de los legajos.

Don Segundo no solía interrumpir las clases, pero Ariadna entraba con frecuencia para ver si necesitábamos algo. Yo aprovechaba para pedir un vaso de agua o un café. Mis ojos se iban detrás de ella. Siempre esperaba una frase en clave, un gesto, una señal. Terminé por ver claves en todas las frases, gestos en todos los movimientos y señales en cada uno de los gestos. Egle se mostraba muy dócil delante de su madre, pero en cuanto Ariadna desaparecía cerraba la sintaxis griega y se apoyaba en el respaldo de la silla.

—¿Tienes novia?

Preguntas como aquélla dejaron pronto de sorprenderme.

—No, no me gustan los compromisos.

—A mí tampoco. Creo que los hombres y las mujeres no están hechos para el matrimonio.

Le gustaba provocarme, aunque pocas veces lo conseguía.

—¿Te has acostado con muchas mujeres?

—No me gusta hablar de eso mientras leo a Homero: es como ensuciar su poesía con cuestiones terrenales.

—Ese Homero es un estúpido. Seguro que era impotente.

—Más bien ciego, parece ser.

Yo no le hacía caso la mayor parte de las veces. Tenía la sensación de estar perdiendo el tiempo con ella: era imposible que le entrara un solo verso en la cabeza.

—Yo nunca estoy más de tres veces con el mismo chico. Al final termino por aburrirme.

—¿Y no eres un poco joven para aburrirte ya con los chicos?

—Son un rollo. La mayoría tiene serrín en el cerebro. Es raro encontrar a alguien interesante. Como tú, por ejemplo.

Yo trataba por todos los medios de no entrar al trapo a tales provocaciones.

—Sigo diciendo que eres aún muy joven para pensar así.

—A mis años mi madre ya me había parido. Algunas cosas son intemporales.

Me molestaba mucho lo descreída que podía llegar a ser aquella lolita moderna. A veces deseaba con toda mi alma que Ariadna nos interrumpiera para poder respirar y dejar de oír estupideces.

Y un sábado por la noche, mientras trataba de explicarle a Egle la diferencia entre la conjunción CUM con el verbo en indicativo y en subjuntivo, ocurrió algo que de nuevo me sumió en la mayor de las confusiones. La clase, como casi todas, estaba resultando un infierno. Para colmo, ese día Ariadna no estaba en casa. Yo trataba de concentrarme en lo que estaba explicando, pero Egle no dejaba de hacerme insinuaciones de adolescente con desajuste hormonal. Me empezaba a faltar el aire en aquel salón. Las cortinas, como siempre, estaban cerradas, igual que las contraventanas. Cuando no pude aguantar más el agobio, me acerqué al balcón, abrí las cortinas y busqué como pude la luz de la calle. Era una noche desapacible de finales de febrero. Al principio me pareció una alucinación, pero luego me cercioré de que se trataba realmente de Ariadna. Igual que la primera vez que la vi, permanecía inmóvil en la acera, como si algún hechizo le impidiera moverse. Llevaba abrigo oscuro y bufanda a cuadros. Su melena, bajo la luz de la farola, era inconfundible.

Yo no podía apartar la mirada de ella. Egle me hablaba sin conseguir que le prestara atención. La chica me estaba poniendo nervioso.

—Que ya he terminado —me dijo en un tono que me hizo salir del ensimismamiento.

—Pues empieza a traducir la frase siguiente.

Sabía que no era capaz de traducirla sola, pero no quería apartarme del balcón. A veces Ariadna se miraba el reloj, debajo del guante, y volvía a meter las manos en los bolsillos. No parecía tener intención de moverse. Entonces llegó Egle por detrás y buscó, intrigada, el motivo de mi curiosidad. Tuve que hacer un esfuerzo para no manifestar mi malhumor.

—¿Qué miras? —me preguntó de sopetón.

—Nada, no miro nada.

—Llevas un buen rato ensimismado. ¿Qué es lo que miras?

No tenía ganas de seguir con el juego.

—Nada. Me pareció que aquella mujer era tu madre. Pero seguramente me he confundido.

Me alejé del balcón, tratando de centrarme en otra cosa. Ahora era Egle la que no apartaba los ojos de la calle.

—Es mi madre —me dijo riendo—. Como siempre.

Por primera vez miré a la chica con cierto interés.

—¿Por qué dices eso?

—Por nada, pero sé bien que es mi madre. Le gustan ese tipo de juegos.

—¿Juegos? ¿Qué juegos?

—Tú ya me entiendes: cosas de mujeres.

Yo trataba de disimular el interés y el desconcierto, pero Egle era muy astuta. Se sentó de nuevo sin apartar la mirada de mí. Sabía que me estaba examinando a fondo mientras la escuchaba.

—Lo hace con frecuencia. Es por mi padre, ¿sabes? A veces ella llega tarde y se inventa excusas absurdas. Pero en realidad lo que hace es estar ahí parada, dejando pasar el tiempo para llegar tarde a propósito.

—¿Y por qué hace eso?

—Para darle celos a mi padre. Ella piensa que así él imagina cosas, y que... En fin, que se pone celoso.

—Es curioso.

—Pero mi padre sabe que ella está ahí. Hace muchos años que lo sabe, pero finge que se pone celoso para que ella se sienta bien.

La confesión me dejó perplejo. Me acerqué al balcón y ahora miré a Ariadna sin disimulo.

Era una escena hermosa. Me conmovió y me puso celoso al mismo tiempo. Intenté volver a los ejercicios y a la traducción, pero mi cabeza no quería centrarse. Egle me miraba con una sonrisa que cada vez me ponía más nervioso. Sin duda, aquélla era otra de sus provocaciones. De repente, Egle me sacudió con otra de sus salidas:

—¿Te gusta mi madre?

Le respondí sin volverme, para que no viera ninguna vacilación en mi gesto:

—Pero qué tonterías dices.

—Es una mujer guapa. ¿No te parece interesante? Además, aún es joven.

—Perdona si soy grosero, pero no es tan joven. Una mujer de su edad nunca andaría con uno como yo.

—Por supuesto. Pero yo no te he preguntado si le gustas tú, sino lo contrario.

—Pues no, no me gusta.

—¿Es muy mayor para ti?

—Lo has adivinado.

—Entonces eso quiere decir que te gustan más jóvenes.

En ese momento me habría gustado estrangularla, pero escuché los pasos de unos tacones en el pasillo y enseguida apareció Ariadna llenando toda la habitación. Parecía muy contrariada. En cuanto entró don Segundo, ella empezó a lamentarse de lo tarde que se le había hecho. Estaba tan apurada que ni siquiera reparó en mí. Recogí los libros y salí sin despedirme.

7

Ariadna empezó a venir a la academia con mucha más frecuencia. En realidad, era raro el día en que no se escuchaban sus tacones por el pasillo del laberinto. Yo estaba convencido de que el cambio no podía ser casual. Quería pensar que la idea de venir era cosa suya, pero algo me decía que detrás de su comportamiento se encontraba don Segundo Segura. Tendría que haber sido un estúpido para no darme cuenta de aquello.

Cada vez que Ariadna aparecía por la academia, don Segundo me hacía llamar a su despacho con excusas que casi siempre resultaban inverosímiles. A veces el director fingía la necesidad de ir al servicio y nos dejaba a solas durante un rato largo. Ariadna me trataba sin ninguna afectación. Parecía la misma mujer de siempre: frágil, fuerte, sensible o dura, según el día y las circunstancias.

Empecé a sentirme muy forzado en unos encuentros tan poco fortuitos. Casi siempre me quedaba bloqueado. Me costaba trabajo encontrar un tema de conversación, o invitarla a salir así, sin más, en el despacho de su propio esposo. Por la noche, a solas en mi despensa dormitorio, me martirizaba por haber dejado escapar la oportunidad un día más. En alguna ocasión me llegó a parecer que don Efrén y don Cirilo estaban al tanto de todo lo que ocurría. En cuanto Ariadna entraba en la academia, los dos acudían a darme la noticia de su llegada, o a avisarme de que don Segundo quería verme urgentemente en su despacho. Empecé a verlos como el coro de una tragedia griega, y aquello me producía un ridículo malestar.

En vista de lo difícil que me resultaba la comunicación con Ariadna en la academia, hice todo lo posible por tropezarme con ella en la escalera o en casa de su madre. Casi todas las mañanas yo subía a ver a Pasífae; siempre con la esperanza de encontrar allí a su hija. Por la tarde, volvía a la hora del café. La mujer se alegraba de verme. En ningún momento me pareció que mis visitas la importunasen. Le gustaba hablar de todo, pero tenía una especial predilección por el pasado. Yo la escuchaba con mucho interés, siempre esperando que hablara de Ariadna o que me revelara algún secreto. Pero encontrar allí a Ariadna resultaba demasiado difícil. Siempre que yo llegaba, ella acababa de irse; al menos eso era lo que me decía su madre.

Poco a poco fui tomando confianza con Pasífae. Ella me trataba con familiaridad. Conforme entraba la primavera, fui notando en ella un cambio. Se la veía radiante, optimista, con mucha energía. Toda aquella fuerza contrastaba con el luto riguroso que, al parecer, había vestido en los últimos años. Le sugerí que se pusiera otra ropa que la favoreciese más, y me miró con una sonrisa de resignación:

—¿Y para qué? Ya me he acostumbrado a vestir así y no voy a cambiar de costumbres a estas alturas.

—Pero usted es joven y aún puede gustar a los hombres.

—No te diré que no, pero a estas alturas ya he vivido todo lo que tenía que vivir. Y no es poco, te lo aseguro.

Con la llegada del buen tiempo, Pasífae había empezado a llenar un poco más su copita de anís después del café. Decía que le gustaba el sabor que le dejaba en el paladar. Yo noté que también se había vuelto más habladora. Traté de ponerme a su altura, aunque con frecuencia acababa con la boca pastosa y ardor de estómago.

—Seguro que usted ha tenido a sus pies a todos los hombres que ha querido.

Ella reía con el sopor del anís y de los primeros calores de la primavera.

—No tanto, no tanto. Escucha, te contaré un secreto: ¿a que no sabías que Segundo, mi yerno, estuvo interesado por mí durante un tiempo?

Era realmente una sorpresa: don Segundo pretendiendo a Pasífae...

—Bueno, de eso hace mucho tiempo. En realidad yo ya no era tan joven. Mi Ariadna tendría entonces poco más de catorce años. Qué vergüenza me da contarte todo esto.

—Siga, siga, por favor.

—Lo que son las cosas. Pues eso, que mi yerno, cuando vino a trabajar en la academia, empezó a interesarse por mí. Bueno, no como ahora, que enseguida las parejas se lo confiesan todo y se van a la cama. Tú ya me entiendes.

—¿Entonces?

—Eran más bien miradas, gestos, frases dichas con doble sentido. ¿Me comprendes?

—Sí, creo que sí.

—En realidad, nunca me confesó nada. Pero las mujeres notamos esas cosas en un hombre. Además, yo tenía treinta años y una hija adolescente. Y, sobre todo, quería mucho a mi marido.

—¿A pesar de la diferencia de edad?

—Claro, a pesar de todo. Y eso que mi difunto esposo ya había cumplido los sesenta.

Poco a poco fui desentrañando la historia del edificio y de las gentes que lo habían habitado. Ahora yo formaba parte de la Academia Europa. En realidad allí dentro me sentía protegido del mundo. Todo lo que yo podía desear estaba entre aquellos muros que parecían más bien los de una caverna que en sus entrañas se multiplicaba en un intrincado laberinto. La vida en el exterior empezó a carecer de sentido para mí.

Ese mundo de sombras y sonidos apagados aún me guardaba más sorpresas. Una de las tardes en que volvía a la academia, después de haber tomado café y charlado largamente con Pasífae, percibí algo que me sacudió. Desde el primer momento en que entré, olí un perfume muy fuerte que me resultaba muy familiar. Era el perfume de Ariadna. No me cabía duda de que ella había estado allí. Enseguida nació en mí la esperanza de que aún no se hubiera ido. Recorrí el laberinto hasta el despacho de don Segundo: allí no había nadie. Deambulé por los pasillos en silencio, tratando de no perder aquella pista olfativa. En más de una ocasión me encontré perdido, como tantas veces, pero yo trataba de seguir el rastro del perfume. El olor me llevó finalmente hasta mi cuarto. Allí encontré a Egle, sentada ante mi máquina de escribir, leyendo los versos que yo había escrito aquella misma mañana.

—No sabía que fueras poeta.

Ese olor tan sublime no me cuadraba con la imagen de la muchacha. Traté de recuperarme del sobresalto. Egle llevaba una falda vaquera muy corta, una blusa roja sin mangas y un pañuelo de seda en el cuello. Sus antebrazos estaban ocultos por innumerables pulseras. Tenía un brillo especial en los ojos.

—¿Cómo has entrado?

—¿Olvidas que mi padre es el director?

Retiró la silla hacia atrás y cruzó las piernas. Su piel estaba bronceada y brillante. Realmente tenía unas piernas muy bonitas. Colocó las dos manos sobre las rodillas. Llevaba el pelo suelto y se había pintado los labios. Yo no podía apartar los ojos de sus piernas.

—No te preocupes, no he curioseado entre tus cosas.

—Tengo clase —le dije con brusquedad—. No puedo quedarme a hablar contigo.

—Aún tienes media hora.

Se levantó, se descalzó y entró en la despensa. Se echó sobre la cama. Yo la seguí como un perrito. Se fue desabotonando muy lentamente la blusa sin apartar sus ojos de mí. La visión de sus pechos fue como una sacudida que me hipnotizó. Estaba convencido de que no llevaba nada debajo de la falda. Me hizo un gesto para que me sentara a su lado. Lo hice sin pestañear. Mi cuerpo no obedecía a las señales de peligro que le mandaba el cerebro. Sentí el olor de Ariadna con tanta intensidad, que casi perdí el sentido. Egle me tomó la mano y la llevó bajo su falda. Efectivamente, no llevaba ropa interior. Llené de aire mis pulmones y estuve un rato largo aguantando la respiración. En aquel estado me daba perfectamente cuenta de la estupidez que estaba a punto de cometer, pero en cuanto volvía a respirar y el perfume llegaba a mi cerebro, de nuevo perdía el control sobre mi cuerpo. Aguanté la respiración todo lo que pude, hasta ponerme rojo. Con la falta de oxígeno, mi erección bajó. Estaba a punto de asfixiarme. Los pechos de Egle daban vueltas ante mis ojos como un remolino.

—¿Qué haces? ¿Te has vuelto loco?

Solté todo el aire y volví a la vida.

—Tú eres la que se ha vuelto loca. Don Efrén y don Cirilo están a punto de venir. Si me ven aquí contigo se lo contarán a tu padre y me echará. Necesito este trabajo, créeme.

Egle apartó mi mano de su sexo y se tapó los pechos, contrariada. Su rostro manifestaba la confusión que, sin duda, sentía en ese momento. Se levantó y recompuso su ropa. Se calzó. Hizo un gesto de desprecio con la melena y se dirigió hacia la puerta. Antes de salir se detuvo y me dijo:

—Estás tan ciego como ese Homero que tanto te gusta. Ojalá no acabes como él, o termines pagando para llevarte alguna puta a la cama.

Aquello me superaba. Estallé en una carcajada nerviosa, incontrolada, que terminó de sacar de sus casillas a Egle. Dio un grito de niña consentida y desapareció de mi vista.

Esa semana me sentí como si hubiera vencido en una gran batalla. Cada vez que veía a don Segundo, me preguntaba qué pensaría si conociese los tejemanejes de su hija. El viernes por la tarde, después de la primera clase, el director me llamó a su despacho. Me tendió un sobre y me dijo:

—Son dos entradas para el teatro. Mañana hay una función. Es una de esas obras modernas, creo, pero a Ariadna le encanta el teatro de ahora. Yo no puedo acompañarla, de manera que si a usted no le supone un inconveniente...

Abrí el sobre y eché una mirada a las entradas.

—No, no, inconveniente no —le dije, tratando de matar dos pájaros de un tiro—, pero mañana tengo clase con su hija y...

—No se preocupe por eso: hablaré con Egle y dejaremos las clases de este fin de semana.

—En ese caso no me queda más que hablar con Ariadna y que acepte la invitación.

—Ya, ya. Vendrá a las nueve. Los dejaré un rato a solas para que la invite —yo asentí, tratando de disimular la sonrisa—. No creo necesario decirle que ella no debe sospechar en ningún momento de dónde viene la iniciativa.

—Por supuesto: nunca lo sabrá.

El sábado, el teatro estaba lleno hasta lo más alto. Ariadna se había puesto un vestido primaveral, con un pañuelo de gasa que le cubría los hombros. Las mangas eran de organdí, terminadas en una graciosa puntilla. Llevaba una cinta roja ceñida al cuello, que le daba un aspecto clásico. Del hombro le colgaba un bolso diminuto. Estaba realmente hermosa. Tardé un rato en sobreponerme a su perfume. Se comportaba con naturalidad, como si hubiéramos ido muchas veces juntos al teatro. La obra en cuestión eran dos monólogos: uno de la poetisa griega Corina de Tanagra, y otro de la Virgen María. Durante casi dos horas, en el escenario sólo había una actriz vestida con una túnica blanca, sin más artificios ni adornos que pudieran distraer la atención. Desde el primer momento me invadió un soporífero aburrimiento. Una de las veces que miré a Ariadna de reojo, la sorprendí bostezando.

—¿Te aburres?

—No, claro que no. Es que estoy cansada.

Entrelazó su brazo con el mío y apoyó la cabeza en mi hombro. Yo me mantuve tieso como el mástil de la nave de Ulises, por temor a molestarla.

Al final de la función, Ariadna aseguraba, convencida, que le había encantado. Yo pensaba que no quería decepcionarme. Sin duda pretendía que no me sintiera culpable por el fiasco de la obra. Le propuse tomar algo.

—Hoy no. Ha sido un día duro y tengo ganas de acostarme.

Lo dijo con tanta dulzura, que no fui capaz de insistir.

—De acuerdo, entonces iremos a casa —le dije, y ella sonrió por el tono conformista de mi voz—. Pero hagámoslo como dice Cavafis: *Cuando emprendas tu viaje a Ítaca, pide que el camino sea largo.*

Ariadna retomó el verso del poeta de Alejandría:

—*Lleno de aventuras, lleno de experiencias.*

—No me dirás que también eres capaz de recitarlo en griego moderno...

—Pues no, a tanto no llego.

Procuré que el camino fuera largo, como aconsejaba el poeta. Ariadna caminaba agarrada a mi brazo. De pronto me detuve y, sin haberlo planeado, le dije:

—He escrito unos versos inspirados en ti.

Su rostro se iluminó. Se detuvo, se soltó de mi brazo y me miró en silencio durante un buen rato. Luego me besó dulcemente en la mejilla y me cogió de la mano. Su reacción desmedida me pilló de sorpresa. Así, el uno frente al otro en mitad de la calle, parecíamos una pareja de novios. Me alegré de llevar aquellas ropas que me hacían tan mayor.

—Tienes que leérmelos.

—¿No prefieres leerlos tú a solas?

—Por supuesto que no. La poesía en silencio es como un cuadro en una habitación oscura.

—Está bien: el día que tú me digas te los leo.

—Ahora: quiero que me los leas ahora.

—Pero si acabas de decir que estabas muy cansada...

—Sí, pero es sólo cansancio físico. ¿Me entiendes?

Yo trataba de entenderla: trataba de entender todo lo que estaba pasando. Entramos en el portal como si alcanzáramos la bocana del puerto de Ítaca. Ariadna sacó la linterna del bolso y guió mis pasos. Aquella complicidad me excitaba. Cuando finalmente entramos en la academia y encendí la luz, Ariadna tenía los ojos brillantes y una viveza especial en el rostro. Estaba alterada.

—¿De verdad que los has escrito pensando en mí?

—Claro. ¿Me crees capaz de mentirte?

La llevé hasta mi habitación. Los versos estaban sobre la mesa. Yo era consciente de que aún necesitaba trabajar mucho sobre ellos, pero no podía dejar escapar aquella ocasión.

—Me da un poco de vergüenza leértelos —le confesé—. Si no te gustan, me voy a sentir muy mal.

—Me gustarán —me respondió Ariadna mientras dejaba con suavidad el pañuelo de gasa sobre la silla.

Yo la veía cada vez más alterada; sus ojos iban de un punto a otro de mi rostro. Le cogí la mano y la atraje hacia mí. Ella no opuso resistencia. Sentí entonces una inexplicable seguridad. La besé, y ella se dejó besar. Ariadna temblaba. Le acaricié la espalda y tiré de ella hacia la cama. Ella avanzó con los ojos cerrados. La empecé a desnudar con mucha torpeza. Ariadna se dejaba desnudar, se dejaba acariciar. Su cuerpo era tal y como lo había soñado tantas veces. Le dije alguna cursilada en el oído, pero ella no parecía escucharme. Empecé a quitarme la ropa y, cuando me separé un instante de ella, abrió los ojos como si despertara de un profundo sueño. Yo no podía apartar la mirada de su sexo.

—Dime una cosa, ¿te parezco hermosa?

—Me pareces la mujer más hermosa del mundo.

Volví a abrazarla y a acariciarle los pechos. Ariadna me apartó con mucha suavidad.

—Esto no es lo que habíamos hablado.

—No te entiendo.

—Me dijiste que me ibas a leer unos versos.

Traté de serenarme.

—Y te los voy a leer. ¿Por quién me has tomado?

—Quiero que me los leas ahora.

Me retiré con una gran excitación. Temía que Ariadna fuera a desaparecer de pronto de mi vista. Me acerqué hasta la mesa sin darle la espalda. Ella sonreía, divertida. Se acostó boca arriba en la cama y cruzó las piernas. Parecía una Venus posando para mí. Cogí los folios como un haz de leña y los llevé hasta el lecho. Ariadna entornó los ojos y cruzó las manos sobre el vientre.

—Adelante, empieza.

Leí como un colegial:

—*Muchacha de rostro gracioso, / me sonríes y te ocultas, / te persigo y me huyes. / Te ignoro y apareces de nuevo. / Juegas conmigo, muchacha cruel. / Te abrazo y te desvaneces. / Me obsesiono con tu...*

De repente Ariadna me arrancó de las manos el folio y lo miró con desagrado. Leyó por encima el resto de los versos, muy deprisa. Luego se tapó los pechos con ellos. Me miró enfurecida, a punto de perder el control. Entonces tiró los folios y se alejó de la cama. Se vistió deprisa.

—Deja de mirarme, por favor —me gritó muy enfadada.

Yo no salía de mi asombro. No podía creer que unos versos mediocres pudieran irritarla tanto. Estaba tan sorprendido como avergonzado. Cuando vi que Ariadna cogía su bolso y se dirigía hacia la puerta, hice un gran esfuerzo por superar aquel bloqueo.

—Espera, no te vayas así.

Ella no me hizo caso. Se alejó por el pasillo. Corrí detrás y la sujeté por la muñeca.

—Ariadna, por favor. Los he escrito con el corazón. No te entiendo.

Me miró por primera vez en su arrebato.

—Me has decepcionado. Jamás me hubiera esperado esto de ti —se liberó de mis manos—. No me gusta que te burles de mí, ¿sabes? Tú no.

—No pretendía burlarme, te lo juro. Son sólo unos versos. Ya sé que no soy un buen poeta.

—No juegues conmigo. Sabes bien a lo que me refiero. Me gustaría que me dijeras lo que pretendes realmente.

Su rabia no era fingida. Me desconcertó tanto que me sentí incapaz de buscar una explicación.

—Ariadna, creo que estoy enamorado de ti.

Ella me miró con desprecio. Ensayó una sonrisa de desdén, pero no le salió del todo.

—De acuerdo —me dijo finalmente—. Puedes amarme todo lo que te plazca, pero no esperes nada de mí.

—No espero nada, te lo prometo —dije a la desesperada.

—Más te vale.

Me dio la espalda y caminó hacia la puerta. Yo la seguí atropelladamente. Me temblaba todo el cuerpo. Deseaba despertar de la pesadilla. Entonces se paró, se volvió y me dijo:

—Si de verdad quieres deslumbrarme, te aconsejo que inventes otra forma. Seguro que se te ocurre algo. Pero por favor, no juegues con mi intimidad.

Su voz parecía ahora más tranquila. La puerta de la calle sonó como si fuera la mazmorra de un castillo. Me quedé desolado y confuso. Tenía la voz de Ariadna y sus palabras marcadas en mi cabeza. Me abalancé hacia la mirilla de la puerta, tratando de recuperar su imagen. La descorrí, y un ojo siniestro, azul, con una ceja peluda apareció tras la rejilla. Di un grito, como si hubiera visto al propio Polifemo, y el ojo se apartó de la mirilla. El descansillo estaba a oscuras. No se veía a nadie. Tenía ganas de llorar. Grité con todas mis fuerzas y me dejé caer al suelo, derrotado.

8

Pasé dos noches soñando con una ceja muy poblada y un ojo azul, enorme, que me espiaba constantemente. Me despertaba con una sensación angustiosa que no se alivió cuando descubrí a quién pertenecía el ojo. Además, desde aquella fatídica noche, mi percepción de la realidad empezó a estar deformada. La reacción que había tenido Ariadna al oír mis poemas me desconcertó hasta el punto de observar todo bajo sospecha. Veía cosas extrañas en todos sitios: me parecía extraño no haberme cruzado en tres meses con los alumnos de don Efrén o de don Cirilo, me parecía extraña la reacción de Ariadna, me parecía extraño el bienestar que sentía yo dentro de la academia, me parecía extraño el comportamiento que empezó a tener Egle.

La hija de Ariadna sufrió una transformación de un día para otro. Ese lunes se presentó en la academia para hablar conmigo. Cuando la vi entrar en el aula me puse en guardia, pero mi miedo era infundado. Egle quería mostrarme la traducción de siete versos de la *Eneida* que yo le había puesto como tarea en la última clase. En cuanto la leí me di cuenta de que la había copiado de un texto castellano. Sin embargo, le sonreí y la felicité. Ella me pidió que le pusiera más trabajo, y lo hice. Volvió al día siguiente con los ejercicios hechos. Yo trataba de anticiparme a sus pensamientos. Aquella niña educada, trabajadora e interesada en el mundo clásico no terminaba de transmitirme tranquilidad. Pero era imposible entrar en sus pensamientos. Procuré mantenerme en mi sitio y darle una confianza de cortesía.

Pero lo que más me preocupaba durante esos días era saber si el ojo que yo había visto a través de la mirilla era, como sospechaba, el de don Segundo Segura. En medio de tantas cosas absurdas no me parecía la cosa más disparatada que hubiera estado espiándonos en el portal y que al oír la puerta tratara de averiguar si su mujer se había ido ya de la academia. Durante dos días estuve esperando el momento en que me llamara a su despacho. No obstante, mi instinto me hacía ser muy precavido. Finalmente me mandó recado con don Cirilo de que quería hablar conmigo.

—Me gustaría darle las gracias por haber acompañado a mi mujer al teatro la otra noche. Ariadna está muy contenta. Me ha dicho que es usted una persona muy preparada.

Sin duda, aquélla era otra prueba de que mi percepción de la realidad no se ajustaba a lo que los demás veían. Alguien estaba mintiendo: o Ariadna, o su marido. En medio de mi zozobra, yo no podía apartar la mirada de los ojos y las cejas de don Segundo. Ni el color ni la anatomía eran como yo recordaba, pero a esas alturas sin duda mi percepción era poco fiable.

—Si Ariadna es feliz, yo soy feliz —me dijo en tono confidencial—. Y, como le prometí, aquí tiene el dinero que usted ha gastado en la cena.

Me dejó un billete en la mesa. Lo miré sin entender qué significaba aquello. Don Segundo debió de interpretar que no estaba conforme con la cantidad, porque enseguida echó mano a la cartera y me dijo:

—Esto seguramente es lo que se habrá gastado en la cena.

—¿La cena?

—Ariadna me contó que usted la invitó a cenar... Si no le parece suficiente, tome más.

—No, no. Es suficiente —le dije, aturdido.

Empecé a pensar que tal vez el problema estuviera dentro de mi cabeza. Rechacé el dinero, pero don Segundo se ofendió tanto que finalmente tuve que cogerlo. No me atreví a confesarle que yo no había cenado con su mujer. Salí del despacho sin entender lo que estaba ocurriendo. No podía quitarme de la cabeza la idea de que Ariadna estaba trastornada emocionalmente. Pero conforme avanzaba por el laberinto fui viendo las cosas con cierta distancia. Quizá Ariadna padeciera una enfermedad que le hacía creer que estaba locamente enamorada de aquel hombre. Y, si era así, lo que hacía conmigo era utilizarme para darle celos. Estaba confuso, muy confuso. Me tropecé en el pasillo con don Efrén. En cuanto me vio, se dio la vuelta tratando de evitarme. Lo seguí.

—Don Efrén, ¿qué le pasa?

El hombre se detuvo. Parecía azorado. Se volvió, sin levantar la cabeza, y a pesar de todo vi sus cejas pobladas. No necesitaba ver más para saber que sus ojos eran azules. No cabía duda de que él era el Polifemo de mis pesadillas.

Dejé de subir a casa de Pasífae durante unos días. Necesitaba asimilar todo lo que ocurría a mi alrededor. Ariadna siguió viniendo a la academia con cierta frecuencia. Me saludaba con naturalidad, e incluso hablábamos de cosas intrascendentes delante de su marido. Aquella situación estaba empezando a torturarme. Tenía grabada en la mente las palabras que Ariadna me había dicho en el pasillo la noche del teatro: «Si de verdad quieres deslumbrarme, te aconsejo que inventes otra forma. Seguro que se te ocurre algo. Pero por favor, no juegues con mi intimidad». No sabía si interpretarlas como un reproche o como un reto que me lanzaba. No paraba de pensar en cada detalle de lo que había sucedido aquella noche aciaga.

Cuando subía a casa para las clases de Egle, el comportamiento de Ariadna seguía siendo el de siempre. Nos interrumpía de vez en cuando para ver si queríamos tomar algo, o para sugerirnos un descanso. Nada me hacía pensar que tuviera algún resentimiento contra mí. Por su parte, Egle tampoco parecía enfadada conmigo: al contrario. Nunca la vi tan atenta, tan educada, tan interesada en todo lo que salía de mi boca. La muchacha me provocaba confusión. Yo le daba el valor justo al esfuerzo que hacía por agradarme, porque sin duda se trataba de eso. Era tan evidente que las traducciones las había copiado de un libro, que me parecía incluso una ofensa decírselo. En vez de eso, me esforzaba en alabar sus logros, animarla, mimarla de vez en cuando y evitar que notara algo entre su madre y yo. A veces sorprendía a Egle mirándome fijamente, y ella apartaba la mirada, violenta. Cuando su madre entraba en el cuarto, la chica seguía cada uno de nuestros gestos, calibraba nuestras palabras, trataba de leer claves que no existían. Egle no sabía disimular. Su comportamiento me dio pie para buscar otra estrategia con Ariadna. Sabía que en cualquier momento un paso en falso podía llevarme de nuevo a un naufragio como el de la última vez, pero también sabía que si no me arriesgaba no iba a conseguir nada. Por eso, al cabo de unas semanas, busqué el modo de hablar con ella sin que nadie nos oyera. Y la ocasión surgió inesperadamente en su casa, un sábado por la tarde. Me crucé con ella en el pasillo, cuando había terminado mi clase con Egle. Ariadna se ofreció a acompañarme hasta la puerta y allí, después de despedirme, le dije:

—No pretendo deslumbrarte, pero desde luego no pienso cometer dos veces el mismo error —Ariadna me miró sin sorprenderse—. Quiero que me des otra oportunidad para salir contigo. Aquel muchacho con el que estuviste el otro día no era yo, te lo juro.

Me sonrió, y eso me dio ánimos para seguir:

—¿Quieres que salgamos otro día? Si es preciso, yo hablo con tu marido.

Estaba espléndida con aquella sonrisa. Por un instante creí que todo el número que había montado la última vez no era más que para desconcertarme. Realmente lo había conseguido.

—No hace falta que hables con mi marido —dijo, recalcando la última palabra—. Ya soy mayorcita para salir sin permiso de nadie.

—Entonces ¿el viernes que viene?

En ese instante vi la silueta de Egle al fondo del pasillo y me puse nervioso. Ariadna se dio cuenta enseguida. Lo último que yo quería era que Egle escuchara aquella conversación.

Pasé toda la semana pensando adónde llevar a Ariadna para parecerle original. Mientras tanto, todo transcurría con normalidad. Egle vino dos o tres veces para consultarme alguna duda tan absurda, que tenía que contener la risa para que ella no se diera cuenta. Al menos parecía no sospechar mis planes. Finalmente decidí llevar a Ariadna a un garito de homosexuales en el que trabajaban dos amigos de la facultad. Sabía que aquel ambiente distendido, la música y la gente que iba a presentarle le resultarían interesantes. Tenía miedo de hacer o decir algo que volviera a irritar a Ariadna, pero hice un gran esfuerzo para no estar tenso.

El viernes por la noche, Ariadna volvió a aparecer espléndida. A la hora convenida llamó a la puerta y salimos juntos como una pareja de novios. No se me ocurrió siquiera insinuarle que entrara mientras terminaba de hacerme el nudo de la corbata. Ella misma me lo hizo en el descansillo, a la luz de una mísera bombilla. Dimos un largo paseo. Hacía una hermosa noche de primavera. El centro de la ciudad olía a azahar. Nos embriagamos de aquel aroma. Paseamos como dos enamorados por la glorieta y el puente viejo. Ariadna no tenía ganas de hablar, pero no parecía molesta con mi compañía. Por un instante pensé cambiar de planes y dejar que las cosas fueran saliendo de manera espontánea. Ariadna no parecía cansada, y yo hubiera seguido caminando a su lado hasta que el planeta se terminara a nuestros pies. Sin embargo, ella dijo:

—Bueno, ¿adónde habías pensado llevarme para sorprenderme?

Sentí que me había estado leyendo el pensamiento de los últimos días. La llevé al garito de mis amigos.

Pregunté a un camarero y me dijo que hacía tres meses que mis dos compañeros de la facultad no trabajaban allí. Ése fue el primer contratiempo. En realidad yo no conocía más que a ellos en aquel lugar. Las veces en que había estado allí hasta el amanecer fue con gente de su círculo. Ahora me sentía desorientado. Procuré que Ariadna se lo pasara bien. Le gustaba la música y el local. Nos colocamos en un rincón, al fondo del todo. Allí empezamos a beber muy despacio. Traté de hablar de todo, excepto de poesía. Era fácil tratar cualquier tema con Ariadna. De vez en cuando ella me sacaba a bailar. No lo hacía mal, pero yo era demasiado patoso. Seguramente por eso se cansó enseguida y dejó de insistirme. Yo intentaba controlar la locuacidad que me provocaba el güisqui. Ariadna tenía los ojos brillantes, pero hablaba sin trabarse. Cuando me di cuenta eran más de las tres. Tenía que ir al servicio si no quería reventar, pero no me apetecía separarme de Ariadna. Al levantarme sentí un hormigueo en las piernas. La clientela había cambiado mucho. Ahora había hombres encorbatados que no encajaban en aquel ambiente. Tal vez eso mismo era lo que ellos pensarían al verme vestido de anciano prematuro. Me costó trabajo encontrar el servicio. Había una cola enorme.

—Puedes entrar en el de las chicas, si quieres —me dijo alguien sin parar de reír.

Yo también me reía como un estúpido. Me encogí de hombros y me salté toda la cola hasta el servicio de mujeres. Estaba tan borracho, que no se me ocurrió pensar por qué nadie había tenido antes aquella idea. Empujé, pero la puerta no se abrió.

—Empuja fuerte —dijo alguien—, que se atranca un poco.

Ni siquiera la carcajada general me hizo sospechar de lo que se trataba. Empujé con todas mis fuerzas, metiendo incluso el hombro, y la puerta cedió tras el crujido del pestillo roto. Allí dentro había dos hombres besándose. El que estaba de espaldas tenía los pantalones bajados. Me entró una risa estúpida. Estaba a punto de pedir perdón, avergonzado por fin, cuando uno de ellos se volvió y lo reconocí.

Era don Segundo Segura, con los pantalones hasta la rodilla y una verga que le colgaba como si fuera un caballo. El otro era un joven más o menos de mi edad. Don Segundo se puso pálido, se soltó y trató de subirse los pantalones. Lo vi más envejecido que nunca, con la mirada de buey y unas enormes bolsas de grasa bajo los ojos. Trató de decirme algo, pero no le salían las palabras.

—Buenas noches, don Segundo. Yo... Es que pensé que no había nadie.

Su pareja se subió la bragueta con naturalidad y salió por el hueco que yo le dejé. Fui a volverme, cuando noté que don Segundo me agarraba por la chaqueta.

—Espere. No quiero que piense lo que está pensando.

—No estoy pensando nada.

—Pero ¿qué hace usted aquí, hombre de Dios?

—Sólo he venido a tomar una copa con su mujer.

Mis palabras sonaban como un diálogo del teatro del absurdo.

—¿Ha traído a Ariadna aquí?

—Claro. Estábamos tomando...

—¿Dónde está?

—La dejé fuera. Es que no me podía aguantar más...

—Por favor, se lo suplico, sáquela de aquí. Por nada en el mundo quiero que me vea.

—No se preocupe. No lo verá, de eso me encargo yo.

Estuve tentado a pedirle que me dejara mear, pero me pareció el colmo del absurdo. Dejé a don Segundo sentado en la taza del váter, con el rostro entre las manos, a punto de romper a llorar.

El güisqui se me había bajado a los pies por la sorpresa. Busqué a Ariadna y le dije que había demasiada gente en el servicio. Ella también tenía ganas de irse. Hice el camino de vuelta en silencio. Era la primera vez que no prestaba atención a las palabras de Ariadna. Subimos las escaleras guiados por la luz de su linterna. Nos despedimos con un beso en la mejilla.

—¿Te encuentras bien? —me preguntó

—Perfectamente. Sólo un poco cansado.

—Yo también.

Cerré la puerta y corrí por el pasillo hasta mi habitación. Metí la cabeza bajo el grifo del fregadero, tratando de que el agua me devolviera la lucidez. Unas veces me daban ganas de reír, y otras me pellizcaba para asegurarme de que no estaba soñando todo aquello. Me quité la ropa y la dejé tirada sobre una silla. Hacía mucho calor en la academia. Caminé como un sonámbulo hasta el despacho del director y me senté en la silla de don Segundo. Palpé todos los objetos que había sobre la mesa como si ellos fueran capaces de revelarme algo. Me costaba trabajo identificar a la persona a la que había sorprendido en el servicio de mujeres con el hombre que todas las tardes se sentaba allí mismo. Y de repente tuve una idea absurda. Tiré del cajón que tantas veces había encontrado cerrado. Seguía cerrado. Traté de forzar la cerradura con un abrecartas, pero fue inútil. Finalmente busqué un destornillador y la rompí. En ese momento ni siquiera me preocupó el destrozo que le había hecho a la mesa. Allí dentro las cosas estaban ordenadas, al contrario que en el resto de los cajones. Facturas, papeles de bancos. En el fondo del todo encontré unos folios encuadernados en una especie de manuscrito. Parecía un trabajo escolar antiguo. Lo abrí y la sangre se removió en mi cerebro. Eran unos poemas mecanografiados en unas hojas que amarilleaban. Aquellos poemas estaban firmados por Ariadna y tenían una dedicatoria para don Segundo Segura. Por la fecha del último folio averigüé que tenían más de quince años. Empecé a leer. El corazón iba dilatándose dentro de mi pecho. No era posible que fuera verdad. Cada uno de los versos escritos allí se correspondía, palabra por palabra, con los versos que durante los últimos meses yo le había dedicado a Ariadna. Lo único que cambiaba era el género de la persona a la que iban destinados. *Muchacho de rostro gracioso, / me sonríes y te ocultas, / te persigo y me huyes. / Te ignoro y apareces de nuevo. / Juegas conmigo, muchacho cruel.* Aquello superaba todos los límites de la realidad. Eran los mismos versos que Ariadna había escuchado de mis labios. Ahora quedaba resuelto uno de los enigmas, pero se abría ante mí uno mucho más arcano. Cerré el manuscrito y lo dejé en su lugar. Pensé que tal vez no estaba sucediendo de verdad. Pero si no estaba sucediendo, ¿qué hacía yo allí sentado, medio desnudo, confuso, aturdido y borracho? Me acosté pensando que por la mañana me despertaría en otro lugar y descubriría que todo había sido una pesadilla.

9

Me despertaron las voces de alarma de don Efrén y de don Cirilo. No sé cuánto tiempo llevarían aporreando la puerta de la academia cuando conseguí abrir los ojos. Me levanté alarmado, con el sueño y la resaca pegados a los párpados. Traté de llegar a la puerta pero, una vez más, me perdí en el laberinto. Las voces y los gritos eran cada vez más apremiantes. Conseguí regresar, por casualidad, a mi habitación y me dejé caer en la cama, derrotado. Prefería escuchar aquellas voces estridentes que pasar toda la mañana perdido en el laberinto, resacoso y sin fuerzas. De nuevo me quedé profundamente dormido. Cuando los dos ancianos vieron que yo no respondía, abrieron con su propia llave y corrieron hasta mi cama. Abrí los ojos con mucha dificultad. Don Cirilo Cifuentes me sacudía con sus escasas fuerzas y no paraba de dar voces.

—Ha sucedido una desgracia —gritaba.

Mientras tanto, don Efrén me acercó la ropa y trataba de convencerme para que me vistiera deprisa. Yo no estaba seguro de no encontrarme en mitad de una pesadilla, hasta que uno de ellos dijo:

—Es don Segundo: ha sufrido un accidente.

Me levanté de un salto y me vestí a medias. La escasa luz de la mañana me desconcertó. Era demasiado temprano para mí.

Caminé detrás de los dos ancianos, que hacían los movimientos de una gran carrera sin avanzar apenas. Finalmente tomé la delantera y, como me indicaban, bajé hasta el portal. No tardé en comprender el motivo de tan gran alboroto. Aquello sin duda no había sido un accidente. Colgado en el hueco de la escalera, se mecía aún el cuerpo de don Segundo Segura.

—Oímos un estruendo y al asomarnos lo encontramos así.

—Pobre don Segundo, qué desgracia más grande.

El desdichado se había atado una cuerda en el cuello y se había dejado caer desde el descansillo del primer piso. Llevaba la misma ropa de la noche anterior. En una situación tan dramática, no podía mirar el cuerpo de don Segundo sin que me viniera el recuerdo de sus glúteos blanquinosos y sus piernas extremadamente delgadas. Se me mezclaban las imágenes y no podía evitarlo. Los dos ancianos me miraban expectantes, esperando que yo dijera algo, pero verdaderamente me había quedado sin habla. Inmediatamente pensé en Ariadna.

—¿Han llamado a la policía?

—No, todavía no hemos avisado a nadie.

—¿Lo sabe su mujer?

—No nos ha dado tiempo... Hemos pensado que sería mejor que se hiciera usted cargo.

Los dos ancianos estaban a punto de echarse a llorar. Entonces comprendí que había que actuar rápido y tratar de hacer las cosas con discreción.

La trágica muerte de don Segundo Segura fue un golpe muy duro para todos, aunque por diferentes razones. Ariadna, al conocer la noticia, sufrió un ataque de nervios que la postró en cama durante varios días. Pasífae se hizo cargo de todo, pero era evidente que la mujer estaba hundida por aquella desgracia. Don Efrén y don Cirilo se convirtieron en dos sombras sin voz que iban de un sitio a otro sin saber dónde colocarse, estorbando más que otra cosa. A la pena por la pérdida de un amigo, se añadía la situación laboral tan precaria en que ahora quedaban los dos ancianos. Cuando Pasífae les propuso que se hicieran cargo de la dirección de la academia, declinaron la oferta por turnos. Después no me quedó más remedio que aceptar yo mismo el cargo de director. La pobre mujer me lo pidió con lágrimas en los ojos, casi suplicándome, y yo no pude negarme. Mi vida, entonces, empezó a sufrir un cambio definitivo. Pero yo aún no lo sabía.

En pocos días me vi ocupando el despacho de don Segundo, vistiendo como él, hablando como él. Era una sensación muy extraña. Pero lo que más me preocupaba era la crítica situación que estaba viviendo Ariadna. Pasó una semana sin levantarse de la cama, sin querer hablar con nadie. Su madre cuidaba de ella con mucho celo, pero Pasífae se iba deteriorando físicamente cada día. Yo subía casi a diario a visitar a Ariadna, aunque no pasaba más allá de la puerta de su dormitorio. No quería parecer un ave de rapiña, ni precipitarme. Egle, mientras tanto, se mostraba también desolada por la muerte de su padre, aunque fue la primera que empezó a sobreponerse.

Traté de llevar la academia con la mayor dedicación y empeño. Tuve acceso a los ficheros, a los libros de cuentas, a los archivos de alumnos. Efectivamente, allí no había dado clase en los últimos meses nadie más que yo. La Academia Europa sobrevivía gracias al remanente que don Segundo Segura había tratado de estirar desde otros tiempos mucho más prósperos. Cuando les dije a don Efrén Escolano y a don Cirilo Cifuentes que tendrían que ocuparse de mis alumnos, los puse probablemente en uno de los mayores aprietos por los que habían pasado en sus vidas profesionales. Sin saberlo, aquel día comencé a cavar dos tumbas que ya tenían la tierra blanda. Apenas se opusieron a mi decisión, pero por sus miradas sabía muy bien que los estaba empujando a un precipicio. Les prometí que contrataríamos a un nuevo profesor y que yo mismo me haría cargo de una parte de las clases en cuanto lo tuviera todo organizado. Sin embargo, desde entonces ninguno de los dos volvió a levantar cabeza. Poco a poco fueron dejando de hablar con fluidez, empezaron a caminar con dificultad, se les declararon enfermedades extrañas, comenzaron a perder el pelo de las cejas, y sus ojos sufrieron unas cataratas extrañas que les hacían caminar con mirada de ciegos.

El primer día en que Ariadna bajó al despacho fue para mí de una alegría incontenible. Había adelgazado de forma alarmante y su rostro tenía un color enfermizo, pero seguía manteniendo aquel aire de diosa del primer día. Yo trataba a toda costa de hacérselo todo más fácil. Le mentía sobre la contabilidad de la academia, le daba falsas esperanzas sobre el futuro, le contaba pequeñas anécdotas; en fin, trataba de animarla. Ariadna me lo agradecía a su manera, pero yo sabía que no me escuchaba cuando le contaba todas aquellas mentiras. Además, se produjo un fenómeno que me resultaba difícil de entender. Conforme se iba recuperando Ariadna, su madre fue dando un bajón y apagándose. En pocas semanas envejeció notablemente. Se quejaba de dolores de cabeza, de flojedad, de insomnio. No era ya la Pasífae que yo había conocido, sino más bien una sombra. La única que parecía volver a la normalidad era Egle. La muchacha se comportó como una mujer madura. Ponía tanto interés en sus estudios, que tuve que rendirme ante la evidencia de que había cambiado realmente.

La acelerada decrepitud en que fueron cayendo don Cirilo y don Efrén me hizo tomar la decisión firme de buscar otro profesor para la academia. Con el final de curso el número de alumnos comenzaba a crecer y yo, desde luego, no era capaz de llevar todo el trabajo. Cada día les iba quitando alguna clase a los dos ancianos, o me reservaba un número de alumnos para aliviarlos. Pero, a pesar de todo, sus condiciones no mejoraban. Sus oídos se habían deteriorado mucho, sus piernas flojeaban. Padecían taquicardias y sudores espontáneos que los dejaban baldados. La ceguera total parecía inminente. Me apresuré a poner anuncios solicitando un profesor, pero la fecha de los exámenes finales en la universidad estaba próxima y no resultaba fácil encontrar a nadie. El día en que don Efrén Escolano no pudo levantarse de la cama tomé la decisión de hacerme cargo de todas las clases.

Egle se había ofrecido a ayudarme en la administración de la academia. En realidad me resultó muy útil su colaboración. Me costaba trabajo reconocer a la muchacha adolescente que había conocido apenas dos meses atrás. El desparpajo con que asumía las responsabilidades que le daba la hacía más atractiva, más interesante. Pero yo no podía dejar de pensar en Ariadna. Me había propuesto no cometer ningún error por el que pudiera perderla definitivamente. Intentaba no importunarla con asuntos que no fueran estrictamente profesionales. Sin embargo, era una viuda tan atractiva que no podía quitármela de la cabeza ni durante el día ni durante la noche. Me pasaba las vigilias mirando el techo de la despensa, tratando de imaginar qué estaría haciendo ella. La mayor preocupación de Ariadna, no obstante, era su madre. Me confesó que había decidido dormir con ella para estar más tranquila. Pasífae se había apagado tanto que estaba irreconocible. La mayor parte del tiempo permanecía con los ojos cerrados, como murmurando. Apenas comía ni bebía. Su hija llamaba al médico con frecuencia, pero siempre le decían lo mismo, que el problema de Pasífae era que no quería vivir.

Yo seguía subiendo a casa de Ariadna todos los sábados por la tarde y los domingos para las clases de Egle. Pero ahora la casa respiraba una tristeza contagiosa. Ariadna solía estar un rato y luego se iba a casa de su madre. A pesar de que las cosas habían cambiado con Egle, yo seguía tratándola con mucha prudencia. Un día, mientras ella buscaba unas palabras en el diccionario, me puse a pasear por el salón. A través del espejo me di cuenta de que la muchacha me seguía a todas partes con la mirada, pero cuando me volvía la encontraba con los ojos clavados en su trabajo. Empecé a ponerme nervioso. Después Egle comenzó a mirarme con menos discreción. Aquellas miradas me recordaban otras miradas que ya conocía muy bien. Intenté demostrar indiferencia, pero llegó un momento en que la situación se escapaba de mi control: estaba ruborizándome.

—¿Te pasa algo, Egle? —le dije, tratando de atajar el problema.

—No me encuentro bien —me respondió con voz fingida.

—Pues si lo prefieres podemos dejarlo por hoy.

—No, no; no es necesario. Enseguida se me pasará. Creo que es cosa del calor.

Por un momento me pareció que sus palabras podían ser sinceras.

—Siéntate junto al balcón para que te dé el aire.

Se levantó y se dirigió a la puerta.

—Mejor me echo cinco minutos en la cama. Allí estaré mejor.

Salió y dejó el diccionario de griego abierto, como si realmente fuera a seguir trabajando al cabo de cinco minutos. Aproveché para beber un poco de agua en la cocina. Buscaba la estela de Ariadna en todos los rincones de la casa. Y de repente oí la voz de Egle que me llamaba angustiada. Fui hasta su habitación, pero no estaba allí. Seguía llamándome mientras tanto. Perseguí el rastro de su voz hasta el final del pasillo y entré en el dormitorio de Ariadna. Me pareció estar metiendo las narices en un santuario. Egle estaba desnuda, sobre la cama. Una vez más me había tendido una trampa y yo no estaba dispuesto a caer en ella. Los muebles eran muy antiguos y las paredes estaban cubiertas con papeles pintados con flores. Sobre una de las mesillas había una foto de Ariadna. Su olor estaba prendido en las cortinas, en la ropa de la cama, en todo el aire que allí se respiraba. Miré a Egle y me pareció estar viendo a su madre. Realmente era una muchacha muy hermosa.

—Vístete —le dije con desdén—. Si tu madre viene ahora, no le va a gustar verte así.

—Mi madre no va a venir.

Lo dijo con tanta seguridad que yo mismo la creí. Me acerqué. En aquel momento el cuerpo de Egle me pareció un calco de Ariadna. La foto de la mesilla me despertó una excitación repentina. Me senté en la cama.

—Quítate la ropa —me dijo la muchacha.

La obedecí como un estúpido. Luego tiró de mí hasta que estuve tumbado a su lado. Empecé a pensar entonces lo que ocurriría si Ariadna entraba en ese momento y nos sorprendía. Esa idea, inexplicablemente, me excitaba aún más. El contacto con la cama, los detalles que poco a poco iba descubriendo en el cuarto iban atizando el fuego dentro de mí. De repente abracé a Egle y la apreté contra mi pecho. Su cuerpo estaba ardiendo, pero entonces me pareció que su piel se estremecía como por el frío. Enloquecí con su contacto. Egle procuraba hablar lo menos posible. A pesar de todo lo que había fanfarroneado delante de mí, resultó ser una chica inexperta. En el momento más importante empezó a temblar. Su torpeza me enterneció. Mientras me susurraba palabras muy dulces, yo intentaba apartar de mi cabeza la imagen de Ariadna, pero me resultaba muy difícil.

Desde entonces, cada vez que Egle se vestía y se alejaba de la cama, yo mismo me juraba que aquella había sido la última vez. Pero se fueron sucediendo muchas últimas veces. No me sentía con fuerza para rechazarla cada vez que se desnudaba y se metía en mi cama. Era algo que me dominaba: una atracción incontrolada por su cuerpo, imposible de dominar. Egle empezó a bajar todas las noches a la academia. Entraba con su propia llave y se colaba en mi cama a oscuras. Yo la oía desnudarse, respirar profundamente y deslizarse hasta sentir el roce de su cuerpo. Me contagió esa dependencia tan irracional e irrefrenable. A pesar de los propósitos diarios de rechazarla, cada noche sucumbía al deseo que la muchacha despertaba en mí. A veces, si se retrasaba, me ponía nervioso y empezaba a dar vueltas por el laberinto, hasta que escuchaba la llave en la cerradura y entonces respiraba tranquilo. Traté incluso de ausentarme de la academia, pero en cuanto se acercaba la medianoche regresaba a toda prisa y me metía en la cama a esperarla. Era una lucha angustiosa contra un deseo mucho más poderoso que mi voluntad.

Con frecuencia, cuando estaba en el despacho hablando con Ariadna, tenía la extraña sensación de que ella sospechaba lo que estaba ocurriendo. A veces achacaba a eso su seriedad, sus miradas furtivas, su distanciamiento. Lo último que yo quería era que descubriera lo que Egle y yo hacíamos todas las noches.

—¿Te has olvidado ya de mi madre? —me dijo Egle, mientras se vestía.

Aquellas salidas eran frecuentes en ella, pero en ocasiones no podía disimular mi desconcierto.

—Crees que lo sabes todo y en realidad no sabes nada de nada.

Seguramente la respuesta la satisfizo, porque no insistió como otras veces. Yo trataba de convencerme de que no sentía nada por Ariadna, pero cuando estaba con Egle no hacía más que pensar en ella.

A finales de mayo los acontecimientos se precipitaron. Mientras le explicaba a Ariadna la situación de las cuentas de la academia, Egle entró en el despacho con el rostro desencajado.

—Es la abuela —dijo a gritos—. No respira ni se mueve.

Ariadna se levantó y corrió hacia la puerta.

—Espera, Ariadna —le dije sin conseguir que me hiciera caso—. Es mejor que suba yo.

Estaba enloquecida. Corrió tropezando con todo lo que había en su camino. Egle y yo tratamos de adelantarnos, pero fue imposible. Cuando llegué al descansillo, Ariadna estaba en el suelo. Había resbalado y cayó en una mala postura. Trató de levantarse, pero sin duda se había fracturado algún hueso. Me miró desesperada, como el pájaro que cae en una red. Entonces pensé en Pasífae y me conmoví al suponer que tal vez, sólo tal vez, ella había sentido por don Segundo Segura algo parecido a lo que yo sentía por Ariadna.

10

La muerte de Pasífae parecía simbolizar el derrumbe definitivo de todo lo que formaba la vida de Ariadna. Su hija Egle era lo único que aún le quedaba y, a juzgar por el modo en que se iban desarrollando los acontecimientos, ni siquiera ella le sirvió de consuelo en los peores momentos.

La penosa situación de don Cirilo Cifuentes y de don Efrén Escolano ayudaba poco a superar tantos reveses. Comprendí que había que tomar una decisión drástica y lo hice, consultando a Ariadna en el último momento. Les busqué una residencia de ancianos a los dos. Tuve que esforzarme mucho para dar con el lugar adecuado, pero finalmente lo encontré. Era una residencia pequeña, con un jardín muy cuidado y coqueto. Si me costó tanto trabajo, fue porque todas las que visitaba tenían algún colegio cerca. A la mayoría de los ancianos le servía de terapia el contacto con los niños y los ruidos a la hora del recreo, de la entrada o de la salida de clase. Pero yo sabía bien que en el caso de don Cirilo y de don Efrén aquello era contraproducente. Y no me equivoqué. Los dos, lejos de las aulas de la academia, experimentaron una gran mejoría. Aunque no eran capaces de valerse por sí mismos, recuperaron parte del habla; me reconocían cuando les hablaba y, a veces, eran capaces de articular algunas palabras, aunque solían ser incoherentes.

Mientras yo procuraba solucionar todos los problemas y que Ariadna no tuviera que preocuparse por nada, Egle dejó de bajar a mi cama cada noche. La chica decía que ahora, con su madre en casa, no podía salir con la misma libertad que antes. Al parecer, Ariadna no conseguía dormir y se pasaba las noches leyendo en el salón, en la cama, paseando por los pasillos como un espíritu atormentado. Ahora que por fin podía librarme de Egle, resultaba que la idea de no tenerla todas las noches me provocaba un deseo incontenible de estar con ella. Le pedí que buscara otros momentos para escaparse, pero la muchacha se mantuvo firme en su negativa. Una mañana, sin embargo, bajó muy contenta y se metió en mi cama. Era demasiado temprano.

—¿Y tu madre?

—Está en casa. Le dije que tenía que verte para decirte algo importante.

—¿Algo importante? ¿Qué es eso tan importante que tienes que decirme?

Egle me apretó la mano, se pegó a mi cuerpo y me confesó con una enorme sonrisa:

—Estoy embarazada.

Yo no entendí el significado de aquellas palabras hasta que ella no insistió:

—Vamos a tener un hijo.

Me reí. Fue una risa nerviosa, incontrolada. Ella pensó que aquélla era mi forma de mostrar el entusiasmo. No fui capaz de empañar su felicidad.

—¿Se lo has dicho ya a tu madre? —le pregunté, tratando de tragar saliva sin ahogarme.

—Claro que no; eso es cosa tuya.

—¿Mía?

—Claro; me has dejado embarazada. Tendrás que colaborar en algo más, ¿no?

Era evidente que mi vida a partir de ese momento no iba a ser ya la misma. Retrasé el momento de hablar con Ariadna tres o cuatro días. Mientras, procuré que Egle se asegurase de su estado, pero la chica no tenía ninguna duda: estaba embarazada. Por las noches me despertaba en mitad del mismo sueño: el momento en que le decía a Ariadna que había dejado embarazada a su hija. La angustia iba cada día en aumento, de forma que tomé la decisión de subir y terminar cuanto antes con mis pesadillas.

Un día, a la hora del café, me armé de valor y llamé a la puerta de Ariadna. En cuanto Egle me vio, supo a lo que había venido. Estaba radiante, yo diría que feliz. Era su cumpleaños, pero yo lo había olvidado por completo. Ella, sin embargo, creyó que aquél era mi regalo. Ariadna me invitó a tomar un café, pero yo me quedé en pie, sin cruzar apenas la puerta del salón.

—He venido a hablar contigo.

No se alarmó al oír el tono afectado de mi voz.

—Bueno, pero puedes sentarte para hablar. ¿O crees que ya no eres bien recibido en esta casa?

—No, no, claro que no. Bueno, no sé si seré bien recibido.

Ariadna me miró muy seria. No me ponía las cosas fáciles.

—Bueno, Ariadna, sólo quería decirte que Egle está embarazada.

Miró a Egle, me miró a mí y luego volvió a mirar a su hija.

—¿Y tú cómo puedes saber eso? —me preguntó.

—Me lo ha dicho Egle —le respondí muy confundido.

—¿Es eso verdad?

Egle lo confirmó con una sonrisa generosa. Me pareció que su gesto no era en aquel trance el más adecuado, pero yo estaba pendiente de la reacción de Ariadna.

—¿Y por qué has venido a decírmelo tú en lugar de Egle?

—Porque yo soy el padre —le dije de carrerilla.

Llevaba varios días temiendo ese momento, y por fin lo había dicho. El rostro de Ariadna se ensombreció. Dobló cuidadosamente la servilleta. Por un momento me pareció que iba a romper a gritar o a llorar, pero no fue así.

—Bien, ya me lo has dicho —asintió con voz firme—. ¿Ahora qué piensas hacer?

—Casarme, por supuesto; y darle mi apellido al niño.

Cuando terminé de decirlo yo mismo me extrañé de mi voz. Me parecía que aquello no había salido por mi boca. Las palabras surgieron solas. Ariadna me miró muy seria y luego miró a su hija con ternura; al menos eso me pareció a mí.

Desde entonces sólo crucé con Ariadna las palabras imprescindibles entre dos personas civilizadas. Ni siquiera el día de nuestra boda nos dijimos nada. Egle se encargó de todos los preparativos. De pronto me pareció una mujer madura, que sabía lo que quería y lo que estaba haciendo. Yo asistí perplejo y callado a todos los prolegómenos. La academia me llevaba todo el tiempo del que disponía. Pero Egle —sospecho que con poca ayuda de su madre— se encargó de todo. Ella era consciente de que no podíamos celebrar una boda ostentosa; las muertes de su padre y de su abuela estaban demasiado recientes. Sin embargo, se resistía a entrar en una iglesia por la puerta falsa y salir a escondidas, vestida de luto y tratando de ocultarse de las miradas de la gente. Y lo cierto fue que todo lo que se propuso lo consiguió. Ignoro si hubo alguna discusión entre ella y su madre cuando yo no estaba presente. Tampoco sé hasta qué punto Ariadna se implicó en la preparación de la boda. Cada mañana, Egle venía a la academia y me ponía al tanto de los preparativos. Ella se encargó del papeleo, de la iglesia, de los detalles más insospechados. Yo no me atrevía a preguntarle por su madre, ni por lo que hablaban cuando estaban las dos solas.

Egle se compró el vestido con una gran ilusión. No era un vestido de novia al uso, sino algo bastante informal. Yo tuve que ir solo a unos grandes almacenes para comprar un traje. Aunque a Egle le hubiera gustado acompañarme, aseguraba que traía mala suerte ver el traje del novio antes del día de la boda. Finalmente, aquel trámite supuso un trance más duro que la propia boda. Me compré un traje de novio con chaleco reversible y lo guardé en un rincón de la academia para que la novia no pudiera verlo por accidente. Aunque me opuse al principio, mi futura esposa estaba dispuesta a invitar a un centenar de familiares que vivían fuera de la ciudad. Además, quería conocer a mi familia. Hablé con mis padres por teléfono. Después de cinco meses sin recibir más que alguna carta del hijo pródigo, no supieron si alegrarse o lamentar la noticia que les acababa de dar. De toda mi familia no llegaban a diez los que estaban dispuestos a venir a nuestra boda. Egle cursó invitaciones formales a su familia de Pirgos y a la mía.

En dieciséis días —increíble de creer—, todo estaba preparado para casarnos. Fue la boda más extraña a la que nunca he asistido. Los invitados daban el pésame y las felicitaciones al mismo tiempo. A algunos familiares suyos era la primera vez que Egle los veía. Yo asistía mudo a las presentaciones, deseando que todo pasara pronto. Ariadna hizo de anfitriona con su familia, pero cuando yo estaba presente apenas hablaba ni me miraba si no era rigurosamente necesario.

Egle y yo nos casamos el segundo día de un verano que ya empezaba a ser muy caluroso. Nunca la había visto tan radiante ni tan feliz. Parecía la novia más feliz de la Tierra. Su imagen contrastaba con la de su madre. Ariadna no alivió el luto ni el día de nuestra boda. Yo tenía la sensación de que le daba igual que su hija se casara conmigo o con cualquier otro. No expresaba sus emociones. Su luto riguroso contrastaba con aquel domingo luminoso de principios de verano. Cogió el bastón de su madre, con cabeza de jaguar en empuñadura plateada, para ayudarse en el corto trayecto hasta la iglesia. Aunque el accidente de la escalera no había sido grave, parecía que ella quisiera exagerar su cojera para parecer mayor. No podía mirarla sin acordarme de Pasífae. Entró la última en la iglesia, cuando la ceremonia estaba a punto de empezar, y se sentó en la última fila. No me atreví a decirle nada a Egle; estaba tan feliz, que no quise empañar aquellos instantes. Yo tenía la esperanza de poder cruzar algunas palabras con Ariadna después de la ceremonia. Intentaba mirarla con el mayor disimulo posible. Cuando el cura nos despidió, ella se acercó silenciosamente entre los escasos invitados. A mí no me dirigió siquiera una mirada; no me dijo ni una sola palabra. Sin embargo, besó a su hija y la retuvo en un abrazo que, al principio, me hizo albergar esperanzas. Pero el azar quiso que yo estuviera lo suficientemente cerca de las dos para escuchar lo que le susurró a 'su hija. Aún no he olvidado las palabras exactas. Le dijo: «Por fin te has salido con la tuya, cariño. Espero que nunca tengas que arrepentirte de lo que has hecho». Me pareció que la firmeza de su voz se quebraba en las últimas palabras. En aquel momento no sospeché que aquélla iba a ser la última vez que vería a Ariadna.

Egle y yo nos instalamos en el piso de Pasífae. Para mí aquél era un lugar que me resultaba muy familiar. Por la mañana le dije a mi reciente esposa que podíamos invitar a su madre a comer con nosotros. Egle me dijo:

—Mi madre se fue anoche de viaje. Creo que no volverá.

Traté de no mostrar sorpresa. Desde entonces, a lo largo de diecisiete años, jamás hemos vuelto a mencionar el nombre de Ariadna.

11

Llevo todo el día torturándome con los recuerdos. Nunca pensé que Ariadna pudiera atormentarme incluso desde la tumba. El tiempo pasa despacio, y yo no veo el momento en que Egle aparezca por esa puerta para decirle que su madre ha muerto. No puedo imaginar su reacción. Tampoco quiero pensar mucho en eso, pero lo cierto es que no he parado de darle vueltas en la cabeza durante todo el día, desde que ese abogado de Pirgos me llamó para darme la noticia.

He tenido que comer solo, con lo poco que me gusta. Pasífae llamó desde el instituto para decirme que se quedaba a comer allí, porque esta tarde tenía un examen. Supongo que lo habrá hecho bien, porque en eso ha salido a su abuela más que a su madre. Mi mujer tampoco ha venido a comer, pero no ha llamado. Lo hace con frecuencia. Si no fuera por la noticia que tengo que darle, no le daría mayor importancia. No es la primera vez ni será la última. A veces no viene a comer; otras veces llega casi de madrugada, oliendo a alcohol. Suele llegar siempre a horas intempestivas. Todo eso no me preocupa, aunque ella piensa lo contrario. Además, hace ya dos horas que la vi entrar con mucho sigilo en el bar de la esquina. Tampoco es la primera vez que la veo hacer algo así. Desde el centro del laberinto se ve todo. Entra, se sienta en la barra y se pasa dos o tres horas haciendo tiempo para subir a casa. Y lo peor de todo es que a Egle no le gustan los bares, le molesta el humo del tabaco, y el alcohol le produce ardores. Su caso es digno de formar parte de la literatura médica.

De vez en cuando, entre clase y clase, el nuevo profesor de la Academia Europa entra en el despacho para hacerme alguna pregunta. El muchacho no se desenvuelve con mucha soltura; aún le faltan tablas, pero estoy seguro de que terminará por acostumbrarse a este trabajo. Además lo necesita, a juzgar por lo que entresaqué de la entrevista del primer día. Yo, con apenas cuarenta años, no me veo ya con fuerzas para bregar con estos niños maleducados de los que sus padres se desentendieron hace ya mucho tiempo. Aquí suelen traer los casos terminales: niños inadaptados, gamberretes, gandules crónicos, maleducados genéticos, desinteresados en general. Cada día me cuesta más trabajo entrar en el aula. Los tiempos han cambiado demasiado deprisa para mí. Pero tengo puesta mi esperanza en el nuevo profesor. Si no fuera porque conozco bien esta profesión, diría que es un maestro vocacional, un entusiasta en estado puro. Eso me hace ver el futuro con optimismo, pero siento una pena sincera por él. Es joven, atractivo, culto, tiene toda la vida por delante. No entiendo cómo Egle puede decir que no le produce mucha confianza. Según ella no va a durar más de cuatro semanas. Cuando le pregunto en qué se basa para afirmarlo tan rotundamente, me dice cosas tan absurdas como que le huele el aliento, que tiene caspa y que viste como un estudiante pobre. Lo único que le gusta del muchacho es que se llama como yo. ¡Mujeres! No hay quien las entienda.

En realidad, ahora mismo eso es lo que menos me preocupa. Lo único que quiero es que Egle suba cuanto antes para enfrentarme a la realidad. Me gustaría armarme de valor y entrar en ese bar, sentarme a su lado, pedir una cerveza y decirle como la cosa más natural del mundo que Ariadna ha muerto. Sin embargo, temo la reacción de Egle. Se irritaría, apretaría las mandíbulas y sus ojos se enrojecerían; se pondría como una furia. Y, sin duda, no sería tanto por la noticia del fallecimiento de su madre, como por el hecho de haber descubierto su secreto después de tantos años perpetrando esos ritos de ocultarse, inventarse excusas absurdas y tratar de llamar mi atención, como si fuera todavía una adolescente enamorada. La conozco demasiado.

Tengo miedo: miedo a los recuerdos, miedo al futuro, miedo a que un día, mientras camino por los pasillos del laberinto, me pierda para siempre y nadie tenga noticias de mí hasta que, pasados muchos años, un joven profesor, probablemente llamado Teseo —como yo—, me encuentre en el rincón más inaccesible del oscuro confín del mundo, agonizando como un Minotauro perdido en su propia cárcel.

El hallazgo inesperado de una vieja fotografía hará que Montse Cambra, una doctora de cuarenta y cuatro años, abandone su Barcelona natal para partir en busca de su primer amor. Su viaje la llevará hasta el Sáhara, donde el instinto de supervivencia y las ganas de vivir de un pueblo olvidado marcarán su destino para siempre.

Mira si yo te querré es una historia de amor que se alarga en el tiempo, el retrato de dos épocas y de dos culturas unidas por un secreto, la aventura de una mujer que se redescubre en la soledad del desierto.

«Una novela que atrapa desde las primeras líneas.»
MARIO VARGAS LLOSA
«Una novela necesaria. Hay que comprarla y leerla.»
ALMUDENA GRANDES